U0641390

【日】田岛伸二 | 著

惊奇星球的传说

常晓宏 | 译

山东教育出版社

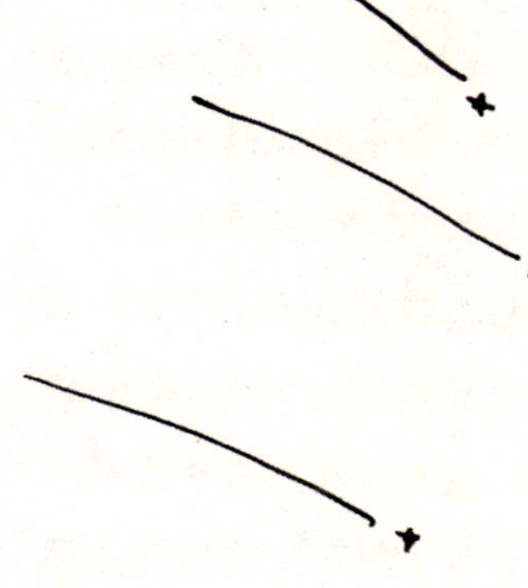

另一种童话

曹文轩

今年一月，我在日本东京的一家小酒馆见了田岛伸二先生。时间虽然不长，但通过交谈，再通过他的举止和神态，我已清晰地感觉到，他是一个朴素、真诚、厚道而又认真的人。分手后，我就在想：这样一个实实在在的人，他写出的童话作品会是一番什么样的风景呢？回到北京后不久，就收到了山东教育出版社将要出版的他的三本童话作品。因为总是想着他这个人，就于当天开始翻看他的文字，想做一个人与文之对比和验证。而他的文字与他这个人留给我的印象，却有很大的不同。朴素、真诚、厚道、认真等，依然闪现在字里行间，又让我不免有点惊讶地感觉到了他的另外一些品质和情操：富有激情、情怀浪漫、悲天悯人、诗意浓浓、多愁善感。他还是一个哲人。

说到童话，我们通常都会往小里想：小蝌蚪、小兔子、小熊、小鸭子、小猫、小狗、小老鼠、小锡人、小豌豆、小女孩。童话的世界往往都是一个个微型世界。在这样一个世界里，童话展开它的想象与叙述。也许这是顺从一个孩子的心理吧，孩子喜欢去那些空间较小的地方。我们可以从日常生活中看到他们乐于光顾的地方，差不多都有空间狭小的特征：小房子、小船……那时，他们将自己想象成国王，而他的国度却只有巴掌大小。殊不知，一个真正的国王会有辽阔的疆土。卡尔维诺曾写过一篇成人童话（我常常将他的小说看成是为成人写的童话），那里面的国王根本就不知道他究竟拥有多少座城池，因为城池太多，所以每次统计的数字都不一致，这使他非常恼火。写给儿童的童话——哪怕是拥有一个星球的小王子，他的所谓星球其实不过就是一片弹丸之地。而当我开始阅读田岛伸二先生的童话时，我对童话的恒定不变的印象瓦解了。他的童话既往小里写，更往大里写，他将童话一下子带进了从前的童话一般不涉足的巨大空间，直至宇宙空间。他也写小狐狸，但似乎更爱写恐龙、大海龟这些巨大动物。无边的海洋、苍茫的天穹、遥远的其他星球，田岛伸二先生的童话世界是无边无际的。他用他的文字，无限制地拓宽了童话世界。他想象力的抛物线是宇宙的距离。他不想停留在小小的也许温馨的一隅，总有上路的欲望，并且是去只有童话世界中的主人公才可能随心所欲地到达的极远世界。那朵白云也许是田岛伸二先生心中最优美的形象。这朵富有象征性的云朵，代表着他的思绪、他的欲望、他的胸怀、他的哲学和美学。飞扬，飘荡，俯视，鸟瞰，他在如此状态中享受了莫大的快意。“云游四海”，他的童话合上了中国这句含有不愿恪守、不愿拘于咫尺之地、只望流浪天下之意的成语。他根本上是个诗人——童话作家最不能缺少的就是诗性，他的诗是写在蓝色的海洋与蓝色的天幕上的，是写在我们还很难确定为何种颜色的外星球上的。

田岛伸二先生的这些视野开阔的童话，构成了童话世界一道新的风景线。

传统童话的主题有一完备的系统。在这一系统之下，童话在不同国家被书写着。真善美与假丑恶的对峙，是童话的基本模式，无论是北欧的童话还是西欧的东欧的美国的中国的日本的童话，差不多都是在这一模式中写就的。传统童话的写作似乎在笃定地说：童话有这些主题就足够了，是不必再有所突破的，也是无法突破的，可以将这些主题一直写下去——它们是永恒的主题。田岛伸二先生的童话固然没有丢弃这些经典性主题，但他没有满足于对这些主题的书写。我们在他的童话中看到了新的主题。这些主题涉及了自然生态、全人类的生存状态、时间与空间等。他用童话思考着以前的童话很少思考的一系列重大的命题。我们在面对他的文字时，会看到一个哲人的身影。他对这个世界的存在，进行着一种哲理性的思考。人类将如何生存？什么样的宇宙才是一个理想的宇宙？生命的最终含义是什么？自然规定的角色是否可以背弃？在这个世界上，事物是否都是千篇一律的，是否“既有明亮的一面，也有黑暗的一面”……他的童话甚至涉及神灵、天堂与地狱、轮回、宗教、偶然性与必然性、语言与存在的关系、因果律等一系列哲学范畴的话题。田岛伸二先生将童话从以前那个司空见惯的主题领域带到了一个崭新的主题领域。这个领域的主题与传统主题领域的主题相比，更具有形而上的色彩，也更具现代性。这是他对童话的特殊贡献。

田岛伸二先生的童话为什么会是这样一种精神广博的童话，可能牵涉他的文化血脉、知识系统等若干复杂因素，其中与他的工作经历也许也有点关系吧。希望在研究他的童话时，不要忽略他曾经的工作经历：他曾在联合国教科文组织亚洲文化中心工作。也许这份工作在一定程度上决定了他思考问题的广度和深度，决定了他的视野。因这份工作，他眼中心中看到的和想到的，自然会放到“人类”“全球”之范畴中。

田岛伸二先生的童话还给我留下另一个深刻的印象——“狠劲”。

说到童话，我们更多地想到的是一个温馨的世界。这里，有田园牧歌式的场景，有温情脉脉的情感故事，这里通常不会有激烈的冲突，没有太残酷的事情发生，即使牵扯到变形、毁灭这样极端的事件，那也是以童话的方式处理的。我们并没有因王子变成了青蛙、公主变成了似乎永远也无法醒来的人，或一个善良的人变成了僵硬的石头，而过于伤心和悲痛。我们常将那些美好的事情形容成"童话一般的世界"。田岛伸二先生的童话似乎摆脱了这样的路数。他在充分考虑到这些文字的接受对象为儿童之后，在不可突破他们的心理承受能力的前提之下，采取了与以往的童话大有区别的做法：敢于面对严酷的世界。高迪的海洋是一个充满危机的海洋，白云的视野里有诸多丑恶的事实，而《狐狸阿吉》中的故事几近残忍了。在读这样一篇有着深刻寓意的童话时，我脑海里一直盘旋着这样一个问题：田岛伸二先生为什么敢于这样写？是他所接受的文化中有这样一种敢于面对残酷的精神吗？是他认定了"面对这个世界的残酷我们不能选择回避"之道理吗？也许残酷了一点，但它所产生的冲击力也许更加巨大，它所产生的效应也无疑是积极的、正面的。

关于田岛伸二先生的童话，还有许多话题可说，比如画面感，比如结构方式等。

他的意义在于向我们提供了又一种童话，他的创作实践使童话创作变得更加丰富和立体。

2019年3月25日于北京大学

田岛伸二的童话世界

常晓宏

田岛伸二生于1947年，广岛人，毕业于早稻田大学。他拥有很多头衔，比如作家、识字启蒙教育专家、国际识字文化中心（ICLC）发起人等。然而，在广大读者心目中，田岛伸二先生首先是位童话作家。

作为童话作家的田岛伸二，出版了《高迪的海洋》《惊奇星球的传说》《白云奇谭》《沉默的珊瑚礁》《狐狸阿吉》《沙漠里的恐龙》《沙漠里的太阳》《大雪山》等一系列童话作品。其中，《高迪的海洋》《狐狸阿吉》《白云奇谭》等主要作品被翻译成英语、韩语、泰语、印尼语、马来语、越南语、老挝语、缅甸语、孟加拉语、乌尔都语、僧伽罗语等27种文字出版。《高迪的海洋》《沙漠里的恐龙》《大雪山》也以绘本形式在许多国家出版发行，多次获奖，广受好评。

说起来自国外的童话，我想，对于我们大多数读者来说，一般都会联想到《安徒生童话》《格林童话》《一千零一夜》等名著中的故事。当然，日本的童话故事，我们也并不感到陌生。比如，在我国，宫泽贤治的童话，不但小朋友喜欢，就连成年人也都非常喜欢。他的经典童话《银河铁道之夜》，在中、日、美三国的共同努力下，还改编成了动画电影，给孩子们带来了无穷乐趣。

除了宫泽贤治以外，日本近现代有代表性的儿童文学作家，还有秋田雨雀、芥川龙之介、岩谷小波、小川未明、铃木三重吉、新美南吉、山村暮鸟、山本有三等人。虽然国内读者对田岛伸二先生的名字并不是那么熟悉，但是，在日本当代童话作家中，田岛伸二创作的童话具有鲜明的个人特点，独树一帜，可以说开辟了日本童话创作的一片新天地。

“啊——啊——”，一翻开《高迪的海洋》，我们首先听到的就是大海龟高迪的呻吟声。主人公高迪是一只大海龟，它在水族馆里足足生活了30年，早已厌倦了那里的生活。高迪的梦想就是想尽快逃离水族馆，回到真正的大自然中去。因为，大海才是它真正的故乡。高迪在鱼儿伙伴的帮助下，费尽周折，终于逃回了大海。然而，高迪面前的大海，已经不是它记忆中的大海了。海面上到处漂浮着油污，海洋里的生物也由于核试验而发生了变异。面对这样那样的困境，大海龟高迪就像海明威笔下《老人与海》中的老渔夫一样，与人类破坏大自然的行为展开了殊死搏斗。

《惊奇星球的传说》把我们带到了遥远的河外星系，那里有一颗叫作“惊奇星球”的小行星。那是一个纯净美丽的世界，人们的生活很简单，他们认为人生中最重要的事情就是享受惊奇带来的激动。然而，在一支来自地球的火箭造访惊奇星球后，惊奇星球上的生活遭到了彻底破坏。因为来自地球的“礼物”里充满了核废料，惊奇星球上的人们只能选择离开，去寻找另一片净土。

《白云奇谭》是一部借白云之口而抒发作者所思所想的随笔集，其中的素材大多来自作者在印度、巴基斯坦等国家的亲身体验。这部随笔集始于1976年，当时的名称是《云朵梦想录》。蓝天的一朵白云，怀揣着自己的梦想，在世界各地悠然自得地飘来飘去。这朵白云轻松地讲述了它在高空看到的一切，从蒙古的敖包，到意大利的大卫像，再到非洲马赛人的生活。其实，白云讲给我们听的这些故事，之所以如此感人，就是因为它们都源于田岛伸二的真实生活。白云的梦想，其实也代表了我们每一个人所追求的人生理想。

整体而言，田岛伸二的童话既十分贴近我们的日常生活，感人至深，同时也很大气，立意深远，富有同情心和极强的哲理性。人生就是一种体验。田岛伸二拥有非常丰富的人生阅历。在他的童话世界里，充分体现了作者极其强烈的人文主义关怀精神。这些童话故事，给孩子们带来的不仅仅是新奇和乐趣，更能培养孩子们所应具有的一种独立思考的意识，一种国际化的视野，一种包容性的胸怀。

田岛伸二的童话不仅适合少年儿童，也适合成年人阅读。在他的童话世界里，我们往往首先会置身于一个辽远的空间，那里既有广袤的沙漠，也有辽阔的大海，更有浩瀚的宇宙。当孩子们置身于无边无垠的童话世界时，足以开阔眼界，培养大气，练就洪荒之力。他的童话，在悲天悯人的同时，也让我们不断激励自我，挑战自我，追求光明和希望。

放下译笔，凭窗远眺，翻译过程中的酸甜苦辣一起涌上心头。记得作家阎连科在纪念法国翻译家Sylvie Gentil（林雅翎）的文章中写道："是作家，就终生、永远要感谢所有、所有的翻译家。"阎先生和我是同乡，笔者也曾有幸和他共进晚餐。每当读到这句朴实的话，我似乎又看到了阎先生真诚的目光。

我虽然谈不上是一个翻译家，却总是用心去翻译，力图把作者的所思所想百分之百地传递给每位读者。其实，作为一个翻译者，我是不需要作者对我表示感谢的。不管是作者，还是翻译者，其实我们最应该感谢的是读者。正是读者的认可，我们才能一步步坚持下来，顽强地走下去。

翻译过程中，首先要感谢的就是田岛伸二先生的大力支持。不管是语言，还是内容理解方面的问题，只要我提出来，田岛先生总是在第一时间通过邮件回复，并给予我以莫大鼓励。修改译文时，我总要读给8岁的女儿听，看她是否能够听懂。译文几经修改，直到自己满意后，才发给编辑们审校。

翻译这部作品时，家里恰恰喂养了十几条春蚕。感觉疲倦时，便和女儿一起去喂喂蚕宝宝，看着它们一点一点长大。不知不觉间，蚕宝宝长大了，田岛先生的书也最后完成了。

本书出版之际，也正是春蚕吐丝结茧之时。可以说，这部作品凝结了许多人的心血。在这里，还要衷心感谢山东教育出版社的王慧、张林洁、杨牧天三位编辑以及相关人士。正是有了他们的辛勤劳动，本书才能得以顺利出版。

最后，我想说，田岛伸二先生有一颗亮晶晶的童心，我们每个人心中也都有自己的童话世界。希望这些童话，能给我们带来快乐，留下遐想，引起共鸣。让我们也和作者一起回到自己的童话世界里去吧。

2017年父亲节

目　录

惊奇星球的传说

[日]田岛和子 | 绘

距离我们生活的地球极其遥远的银河系的那一边，有一颗叫作惊奇星球的小行星。惊奇星球和宇宙深处那些数不清的星星们一起，飘浮在空中，慢慢旋转。这颗星星用普通的望远镜可观察不到。当然啦，望远镜是一定要用到的。但是，要想通过望远镜看到这颗星星，最重要的是要有一颗纯净、善良的心。来吧，请用你透明纯净的心灵望远镜，去观察这颗令人惊奇的星球吧……

首先，让我们来听听，这颗星星为什么会被称为惊奇星球呢？

惊奇星球上居住的人们，总是能发现一些令人吃惊的事情。因为他们认为，人生中最重要的事情就是享受惊奇带来的激动。所以，在惊奇星球上，一年到头都能听到人们高兴地说："太奇怪了！太奇怪了！"其中，最让他们感到惊讶不已的就是自己的双手。灵巧双手的存在是多么令人不可思议呀！因为不管你想做什么东西，双手马上就能帮你实现。望远镜、金钱、邮票、自行车、饼干、手表、镊子，还有——数不胜数的各种物品。

还有语言，也是让他们感到大为惊奇的东西。

"语言简直是太方便、太神奇了！"

"我们看不到的东西，是语言赋予了它们名称。而我们的双手又把语言所描绘的世界，变成了活生生的现实。"

像这样令人感到惊奇的事物，他们总是挂在嘴边，不停地宣传。所以，他们生活的这颗星球，不知道从什么时候开始，就自然被称为"惊奇星球"了。对于我们这些居住在地球上的人类来说，或许会感到那些事情很无

聊，但是在惊奇星球上，整天都回响着“太神奇了！太神奇了！”这样的欢呼声。

很久很久以前，惊奇星球上的人们就非常崇拜蓝光闪闪的地球。也不知道是谁传来了地球的消息，总之，在浩瀚的宇宙中，地球比任何一个奇妙的星球都能引起人们的热议。不管怎么说，地球远远不同于被沙漠覆盖的惊奇星球以及其他星球，这让他们感到很惊奇。辽远宇宙的无数行星中，只有地球被大气环绕，生长着绿色树木，碧波粼粼，闪闪发亮。

而且，据说地球上居住着宇宙中最优秀的生物——地球人。尤其令人感到惊奇的是，地球上的人们创造了奇特的语言以及他们亲手创造的人生。据说，宇宙中的所有生物，看到这样的地球人，惊奇得连大气都不敢出了。

惊奇星球的人们过着诗情画意般的幸福人生。他

们没有任何烦恼，还能青春永驻，长生不老。即便如此，他们还是有一个期盼已久的梦想，那就是遇见地球人。

遗憾的是，惊奇星球上人们的这个伟大愿望，并不那么容易实现。首先，地球距离他们有好几万光年那么远，他们没有到那里去的运载工具。所以，惊奇星球上的居民——包括国王、普通人、小狗、小猫，甚至蟑螂，都一心期盼着能有什么地球上的消息传到他们身边来。

按照地球上的日历，那是1999年9月19日发生的事情。惊奇星球的天气像往常一样晴朗无比，高空飘浮着几缕白云。

突然，从东边的高空，飞来了一支银光闪闪的火箭。火箭飞行速度极快，简直令人难以置信。最先发现这个不明飞行物的是观测站的布朗博士。“哎呀！太令

人吃惊了！”他大喊道，然后一回身抓起听筒，兴奋地给信息部长打电话。

“什么？布朗博士。你再大声点——再说详细点——你不再说清楚点，我根本都不知道你在说什么。你越是感到吃惊，就越是要保持镇静。”信息部长劝他说。

“好的。那个发亮的银色物体……也就是说，那个物体，在闪闪发光。”布朗博士有点口吃，他擦了擦额头上的汗珠说，“从速度和飞来的方位来看，那个像是火箭的物体一定是来自于地球的礼物。没错，没错，部长阁下。古代传说中的事情，看来马上就会实现了。”

“好，我知道了！那么，告诉我那个飞行物现在的位置。对了，怎么样才能捕获它呢？它在空中飞得太快了，简直是稍纵即逝。”

“部长阁下，万幸的是，火箭就运行在我们惊奇星球的轨道上。”

信息部长听到这里，兴奋极了。他扔下听筒，发出野生狒狒那样的尖叫，在空旷的宫殿里转着圈儿地跑来跑去。然后，他飞奔到国王那里去，激动得满脸通

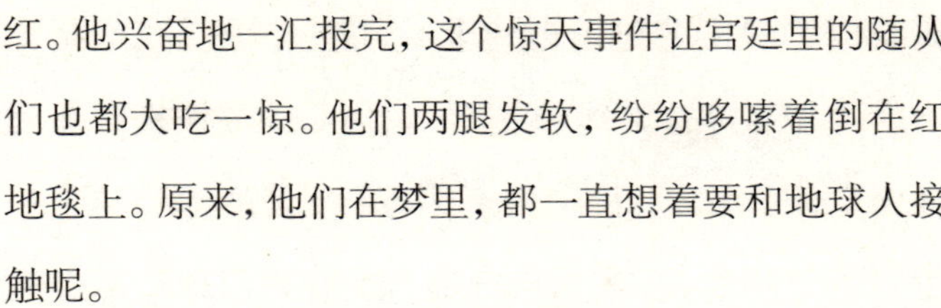

红。他兴奋地一汇报完，这个惊天事件让宫廷里的随从们也都大吃一惊。他们两腿发软，纷纷哆嗦着倒在红地毯上。原来，他们在梦里，都一直想着要和地球人接触呢。

可是，惊奇星球国王的表现却和信息部长以及他的群臣有所不同。也就是说，国王之所以能成为国王，是因为他在惊奇星球中性格最为沉着冷静，才被选为国王的。国王安静地坐在那里，只是稍微晃了晃身体。他轻轻点着头，嘴里发出“嗯嗯嗯”的声音，静静地听着部长汇报。

然而，即便这样，国王身边的亲信左右们，为了不让国王太兴奋，还是用小小的黑布条蒙上了国王的眼睛，在国王的大耳朵里塞满了柔软的棉花，用胶带牢牢封住了国王的嘴巴。可是，国王的内心是绝不会被封死堵住的，他不禁心潮澎湃起来。

等信息部长的详细报告一结束，国王马上就通过收音机发表了特别演讲。

“惊奇星球上的全体公民们，这一天终于来临了。我们等待已久的，就是这一天。终于，此时此刻，地球传说成为现实的这一刻到来了。现在，围绕我们星球旋转的就是来自地球的礼物，我们必须尽快把它抓到地面上来。在此，我向大家保证，凡是能够让这个礼物平安着陆的人，我将会任命他为惊奇星球理事会的理事。”

不过才第二天，惊奇星球的人们就齐心协力，做好了一个能利用上升气流飘浮的气球。气球借着强劲风势，眨眼之间就升到了高空，人们抓住了银色火箭。在气球和火箭降落的地方，人们马上建了一座纪念碑，上面刻着这样一些话：

“来自地球的礼物，在惊奇星球人们的齐心协力和顽强意志下，以令人惊异的速度降落。据此，从今日始，特任命惊奇星球的全体居民为惊奇星球理事会的理事。”

第二天，惊奇星球上的所有居民，为了欣赏火箭，都陆陆续续簇拥到火箭着陆的地点这儿来。他们站在那里，每天都眺望着那个神奇的物体，脸上露出梦幻

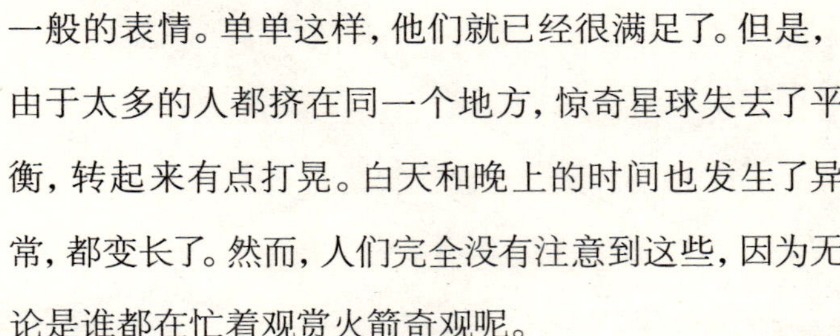

一般的表情。单单这样，他们就已经很满足了。但是，由于太多的人都挤在同一个地方，惊奇星球失去了平衡，转起来有点打晃。白天和晚上的时间也发生了异常，都变长了。然而，人们完全没有注意到这些，因为无论是谁都在忙着观赏火箭奇观呢。

在一个晴朗的夜晚，银河系里群星灿烂，国王登上高台。这座高台就建立在接受地球礼物的那个伟大地点。国王朝着位于高台中央的那个物体，毕恭毕敬地鞠了一躬。他举起右手，开始了演说。不计其数的听众注视着国王——听众里有卖食品的，修自行车的，学生，老爷爷，老奶奶，还有小孩子们。总之，惊奇星球上的所有人——都津津有味地竖起了耳朵。

“从很久很久以前开始……不，从更久远的以前开始……”国王停下来喝了口凉水，他润润嗓子后继续说道，“我们惊奇星球的居民，一直都很憧憬叫作地球的这颗行星。我们对地球充满了敬意，想和地球人建立密切联系，这一点尽人皆知。”

听到这里，人群中爆发出一片欢呼声，掌声雷动。

“宇宙中最富有生机的蓝色地球，蓝天白云，碧

波粼粼，动植物种类丰富，森林郁郁葱葱，令人叹为观止——地球的存在，就是我们整个宇宙中的奇迹。没错。即使在浩瀚的宇宙中，也不存在其他的像地球这样拥有美丽大自然的星球。在我们惊奇星球上，布满了无边无际的沙漠，地球则迥然不同。而且，地球上充满了大自然哺育下的各种神奇生物，令人赞叹！”

于是，惊奇星球的人们和国王异口同声地喊道：

“那就是人类！！

地球上的人类！！

全宇宙的所有生物中，

人类用他们的双手创造了最为惊奇的东西，

人类的语言中充满了智慧。

美丽的大自然啊，

神奇的地球人！”

惊奇星球上回荡着人们的欢呼声，这时，高台旁边一个长着水汪汪大眼睛的小女孩小心翼翼地问国王：

“陛下，我想知道地球人的脑袋里都在想什么。能

够使用双手、发明语言的不就是人类的大脑吗？”

“没问题。”国王和蔼的声音中透出自信。

“那么，为了知道地球人的想法，现在，我就打开这件礼物，让我们大家一起来看看里面都装着什么东西吧。我想，地球人虽然和我们模样相仿，但他们指挥双手的大脑，一定比我们想象中还要神奇得多。对于地球人大脑中的想法，我们还一无所知。那么，我们一起来打开来自地球的礼物，好不好？”

国王太紧张、太激动了，他大汗淋漓，汗水淌了一地。他示意了一下，站在他身旁的随从们马上用胶皮管和水泵开始吸汗。否则，汗水就会流到高台旁边那个小女孩的身上了。真没想到国王会出这么多汗……国王继续着他的演说，有史以来，在惊奇星球上，这是他最长最伟大的演说了。

“遥远地球上的朋友们究竟给我们带来了什么礼物呢？大家一定都充满了期待吧！我决定就在大家眼前，打开这个物体。而且，我们会在心中铭记今天这一激动人心的时刻，从而构筑我们惊奇星球辉煌的明天和未来。正是惊奇，才是我们幸福的源泉。”

JUSXAR
E·1997
023511

刚讲完最后一句话，国王就取下王冠，用力向听众们的头顶上方高高抛去。

“惊奇星球王室顾问的博士们，到前边来！”

身穿白衣的四名博士静静走上前来，对着国王毕恭毕敬地鞠了一躬，然后庄重地登上高台。他们的口袋里塞满了螺丝刀、钢钻、锯子之类的工具。而且，四个人都抱着装满厚厚文件的大皮夹，看起来没有任何人比他们更有学问了。可是，他们都太兴奋了，双腿剧烈发抖，怎么也停不下来。

四博士知识渊博，聪明绝顶，开启物品这样的事情对他们来说易如反掌，就像拿着拖把打扫高台那么简单。

这四个伟大的顾问首先取出放大镜，他们四处摸来摸去，连火箭的边边角角都检查到了。接着，他们又把锯子放在火箭上锯起来，高台上顿时火花四溅。锯了两三分钟，锯子好像碰上了什么特别硬的东西，博士们离开火箭，商量了一下，然后又打开书详细查看。接着，他们又使劲用锯子锯，用钻子钻，想把火箭打开。突然，火箭的身体上裂开了一个大口子。

“哦！”“哇！”“啊！”围观的人群中发出各种各样的惊呼声。

怎么回事？从火箭上面的洞里，慢慢地，悄无声息地流出了银光闪闪的灰色粉末。最先发现这一现象的是国王。国王马上跑过去，用手捧起了这种奇怪的粉末，他自豪地高高举起双手，好让人们都能看到。

然而，就在这时，忽然刮起了一阵强风，灰色的粉末在高空四处飘扬。虽然只有一点点，但是粉末还是刮到了国王脸上。霎时，——“啊呀！”——国王大叫一声，就倒在了高台上。

顾问中的三个人还以为国王是兴奋过度才背过气去的，他们也抓起粉末想让观众们看看。然而，这三个顾问也“扑通”“扑通”“扑通”纷纷倒在了地上。

“哦！”“哇！”“啊！”人们又发出了惊呼声，在惊呼声中，人们不由自主地唱起了歌。

“蓝光闪闪的地球，

人类！人类！

人类才是银河系的霸主，

啊，宇宙也会感到吃惊。”

唯一没有倒下的那个博士顾问，虽然不能说有多少知识，但却具有无穷的智慧。

惊奇星球上，有两类顾问——其一被称为科学家，知识渊博的知识分子；其二是被称为哲学家的智慧人士。

说到知识分子，不管惊奇星球上发生什么样的小事，他们都了如指掌，另一方面，智慧人士知道如何能充分利用惊奇星球上的信息，让大家过得更幸福。惊奇星球的社会生活，就是在这两类顾问的共同努力下，才得以发展繁荣至今。然而，令人遗憾的是，在这个极度兴奋的日子里，知识分子顾问都争先恐后地跑上前去。尽管哲学家顾问建议他们要小心谨慎，不要操之过急，但是那三个科学家类型的顾问却置若罔闻。

智慧顾问离开众人，走到一旁，他在想：为什么国王和那三个知识顾问会倒在地上，而且脸上的表情会那么痛苦？他慢慢地把手放在每一个人胸前，俯

耳倾听，结果大吃一惊，因为他发现国王和顾问们都停止了心跳。这，到底发生了什么？为什么？……怎么回事？……那种熟悉的心跳声怎么突然消失得无影无踪？因为在惊奇星球上，任何人都不会衰老，不会生病，更不会死亡。事态严重，令人难以置信，这已远远超越了惊奇世界的想象。

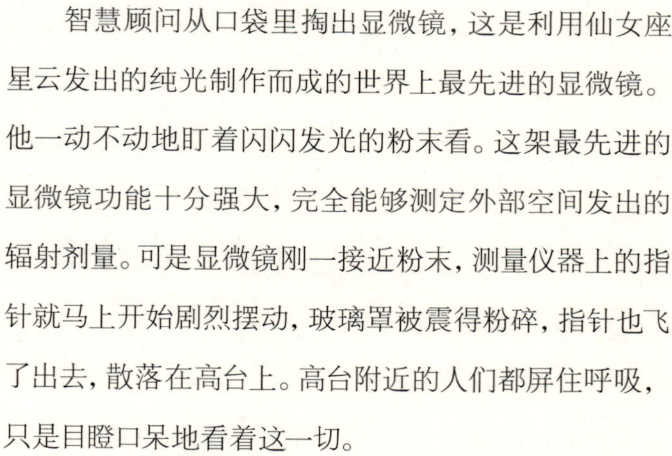

智慧顾问从口袋里掏出显微镜，这是利用仙女座星云发出的纯光制作而成的世界上最先进的显微镜。他一动不动地盯着闪闪发光的粉末看。这架最先进的显微镜功能十分强大，完全能够测定外部空间发出的辐射剂量。可是显微镜刚一接近粉末，测量仪器上的指针就马上开始剧烈摆动，玻璃罩被震得粉碎，指针也飞了出去，散落在高台上。高台附近的人们都屏住呼吸，只是目瞪口呆地看着这一切。

智慧顾问嘴里小声地嘟囔着，他拾起毁坏的指针和玻璃碎片。

“到底发生了什么事情呢？这个测量仪器自己碎了……不管地球人制造了什么样的东西，我们都必须制造出能够测量出辐射剂量的仪器。指针哪怕瞬间转上几百次，应该也不会……哎哟，即便如此，地球上的人们真的是想送给我们如此可怕的礼物吗？”

刚嘟哝完，智慧顾问也一头栽倒在高台上。

看到这一切，惊奇星球的人们完全失控了。因为衰老、生病、死亡这些事情都远远超乎他们想象，所以人们开始大喊大叫，陷入一片混乱。

刚才那个充满好奇心、向国王发问的小女孩，从她母亲身边钻出来，跳上舞台，走近了那个奇怪的物体。

“地球人真是太厉害了！他们知道让我们吃惊的方法！就连我们国王那么伟大的人物，竟然都吃惊得昏倒了，看来也只有地球人的聪明大脑能办到吧。一定……”

小女孩走到了那五个人躺倒的地方。“多漂亮的粉末啊！”她捧起了粉末，在脸上轻轻拍打起来。“大家快看看我的脸，多好看……”小女孩自言自语地回过身来，看到了国王的脸。国王一动也不动地躺在小女孩面前，他的脸肿成了紫色，上面布满了好多小黑斑。四个顾问的身体上，也开始出现黑斑，黑斑急剧扩散开来。

这时，小女孩发现她手上开始出现了小黑点，她的

身体开始发抖，感到呼吸困难。接着，小女孩在恐惧中痛苦地喘着粗气，倒了下去。

小女孩的妈妈跑上高台，奔到女孩身边，担心地摸了摸她的心跳。“没了……没了……没了……心脏跳动的声音……消失了。我女儿的心脏停止跳动了！哎呀，我女儿这是怎么了！”

人群中响起了小女孩妈妈悲痛的喊声，原本看起来幸福满满的惊奇星球的人们，一下子停止了吵闹，惊奇星球上的人们都笼罩在可怕的寂静中。

可是，这种寂静并没有持续多长时间。惊奇星球马上就陷入了恐慌和混乱之中。那闪闪发光的粉末随风飘舞，开始对人们发动袭击。——没错，粉末就像疯狂的一大群黄蜂那样——瞬间，粉末钻进了好几百人的眼睛、耳朵以及嘴巴里。人们开始一个接着一个倒在地上，人群一哄而散，四处奔逃。

“地球的粉末毁灭我们来了！”

“哦！人类的粉末来杀我们了！”

恐惧的叫喊笼罩了整个惊奇星球，人们到处乱跑，一会儿从这儿跑到那儿，一会儿又从那儿跑到这儿。一连好几天，人们都跑个不停，然而，夺命的白色粉末却以疯狂的速度向四面八方蔓延。植物啦，动物啦，土壤、水、空气，所有白粉接触到的生灵，都会遭到涂炭……

人们刚开始还想挖一个深洞，躲在地下逃难，可是这种粉末无孔不入。于是，人们乘船逃往惊奇星球的小小海洋，但是海水也被那可怕的粉末给污染了。许多死鱼翻着白肚皮，漂浮在海面上。

惊奇星球上已经无路可逃了，人们急急忙忙地开始建造风筝形状的巨大的宇宙飞船，以便借助高空的宇宙气流逃离惊奇星球。

“建好风筝式飞船后，我们就能借助从宇宙刮来的上升气流，逃到宇宙中去了。或许这需要航行很长时间。因为要坐很多人，所以需要多得惊人的食物。”

人们争分夺秒地开始工作，为了互相鼓舞士气，大家一边唱歌一边干活。经过十天十夜的连续工作，巨大的风筝式飞船终于完工了。

活着的人们都坐上了风筝式飞船，升上高空。很快，惊奇星球就被甩在了身后。风筝式飞船高高升到惊

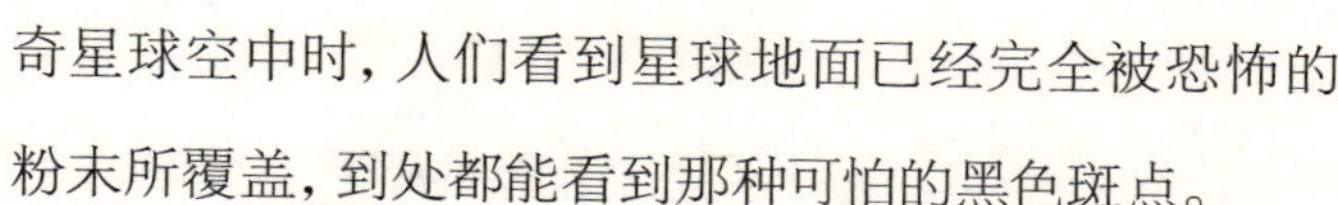

奇星球空中时，人们看到星球地面已经完全被恐怖的粉末所覆盖，到处都能看到那种可怕的黑色斑点。

“我们得救了！可是，这条飞船上只剩下这点人了……这就是惊奇星球幸存下来的全体成员？”

虽然人数很少，但是孩子们也都坐上了风筝式飞船。听到大人们悲伤的声音，孩子们都睁大了眼睛，向着生养他们的故乡，挥手告别。惊奇星球在他们眼前越来越小，直到完全消失。

以前曾作为王室顾问、为王室效劳的一位智慧老人深深地叹了一口气，他静静地开口道：

“多可爱的孩子们啊，你们可能再也看不到惊奇星球了。为什么那种银色的物体会来到我们星球？谁都不知道这是怎么回事。在打开它之前，我们本应该精心检查，认真研究。我们现在终于明白了这个道理，这个宇宙中存在的东西，可不是仅仅打开它们那么简单。就是打开了，也会一无所知。”

一个年轻的男子也开口说话了：

“往后，在这个浩瀚的宇宙中，我们该到哪里去呀？我知道我们再也没法住在惊奇星球了，但是那种有毒的粉末正缓慢地在宇宙里扩散。而且，那个银色的物体到底是从哪里来的呀？”

“当然是地球啦。”一个科学家说。这时，不知是谁立刻反驳道：“不会是别的星球吗？”“不会，从速度和方位来看，就是来自地球。”“绝对不可能，地球人不可能生产那种可怕的东西。”一个慈眉善目的老人自信地说，“地球人和我们不一样，无法长生不老，早晚都不会摆脱死亡的命运，他们有必要生产那种东西吗？在惊奇星球古老的传说中，‘温暖的蓝色地球，沐

浴在灿烂的阳光下，充满了生机和活力……’人们是这样描述的。”

智慧老人不慌不忙地答道：

“那就是地球人的惊人之处，在那支火箭身上刻着的文字，确实是地球人的语言。或许，那些文字是在警告我们，火箭里的危险粉末一旦泄露的话，就连地球人也不知道如何避免毁灭的方法。”

之后很长一段时间，没有任何人再开口说话。于是，一个知识分子语气严厉地说：

“我们更应该相信人类才对，否则，在这个宇宙中，如果失去大家的信赖，那么如此众多的星球和生灵又怎么能活下去呢？迄今为止，虽然没有一个人明说，但是这个道理显而易见，就连宇宙本身，也都是由一个个互相信赖的微小粒子形成的。”

“一派胡言！”那个年轻人喊道。他觉得身上有点冒汗，就一把脱下夹克衫，扔在地上。他指着圆形舷窗外面的亮闪闪的银河说：“怎么也要先调查一下吧，对于人类，对于人类的大脑，我们要先调查一下，宇宙中到底发生了什么呢？”

于是，风筝式飞船里开始骚动起来。

“摸清地球人，
调查地球人，
地球人会有什么样的秘密？
他们的想法和行为，我们都要去调查。
地球上的人类就是宇宙的秘密。
惊奇是我们的法宝，
也是幸福的最高秘诀。”

大家高声唱着，马上改变了风筝式飞船的方向，进入了飞往地球的航线。飞船速度极快，一直往前飞。

突然——

“什么？快看！那是什么？”

宇宙空间里，飘浮着许多奇怪的宇宙飞船。这些飞船挤来挤去，就像有了生命一样，伸出金属手臂，你抓我，我打你，互相纠缠在一起。

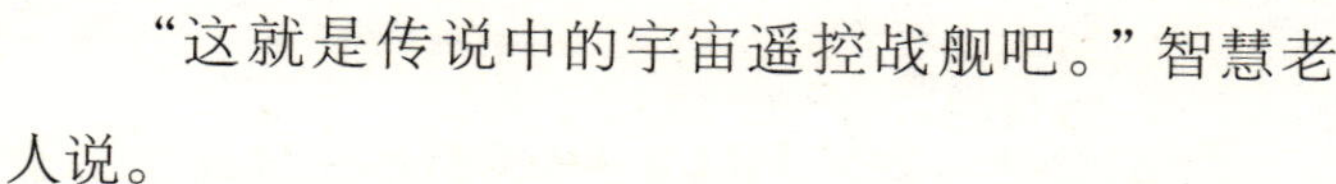

“这就是传说中的宇宙遥控战舰吧。”智慧老人说。

“没错，里面虽然没有人，但搭载了电脑那样的机器。这就是电子战争吧。在那里，没有任何人情味可言。”

这时，兴奋不已的孩子们也大叫起来。“哎呀！是地球！快看那个闪着蓝光的东西！”

可是，那些到底都是什么玩意儿啊？风筝式飞船接近地球后，看到火箭和破电脑的碎片从一座巨大的工厂里飞出来，被抛到宇宙空间里去。就像是被随便排泄到宇宙空间里的垃圾。

“所有这些东西都是来自地球？为什么？怎么回事？”

孩子们发出一阵惊叫。

智慧老人平静地说：

“看看地球的样子吧，地球上的高山、河流、大海，都被垃圾污染了，到处都是垃圾山。地球人也是没有办法，才丢到宇宙里去的。”

这时，一支巨大的玻璃火箭从风筝式飞船旁边飞过。

“快看那个！”一个食品店老板叫道。

“火箭里坐着的都是老人呀！为什么地球人把老人都给抛弃了！地球上究竟发生了什么？”

智慧老人马上回答说：

“地球是一颗行星，这不能怪它。行星地球办不到这些。是地球人！都是人类造的孽！人类是咎由自取。他们连老人都抛弃了。哎呀，太遗憾了。我们必须承认，我们对人类的认识是错误的。”

坐在风筝式飞船里的惊奇星球的人们，看到无数

火箭和电脑碎片从自己眼前飞过，他们看地球人的眼神都变了。火箭一支接着一支从飞船正下方飞来。大家看到火箭上写着“危险！放射性废弃物”的字样。他们看到地面工厂里正在生产火箭，这些火箭和飞到惊奇星球的火箭是一个型号。地面上堆满了火箭，一层摞着一层，堆积如山。

“这就是人类。在那里忙碌个不停，一直工作着的就是人类的双手。还有，那些噪音，就是人类的语言。”智慧老人颤抖着身体，大声说。

“我们惊奇星球，也被卷入到愚蠢人类的死亡游戏里来了。哎呀，原来送给我们星球的并不是礼物啊。给我们带来的东西是死亡之粉，也就是说，那些粉末是钚粉，这些核废料足以杀死世界上所有的生物。地球上已经没有地方可以丢弃核废料了，他们为什么……”

“我们赶紧躲远点，快到遥远的宇宙深处去吧。必须马上远离人类，远离人类用手和语言创造出来的所有东西。”

风筝式飞船迅速逃离地球，向银河系之外的地方飞去。

“大家看看美丽传说中的那个地球的末日吧，蓝天之下那些耀眼的光芒，还有那些奇怪的云彩，它们都不是大自然的产物。”

大家听了，都聚集到巨型望远镜那里。这时，地球上的那些小片云朵涌到一起，形成了一个巨大无比的蘑菇云。接着，又出现了一个又一个的蘑菇云。

一瞬间，蓝色的地球变成了灰色，被红色的巨大火舌吞没了。

风筝式飞船远离地球的时候，这颗不幸的行星从红色变成了紫色。没过多久，地球又变成了黑色，最后消失在宇宙无边的黑暗之中。

“永别了，地球上的人们。在这个宇宙里，再也不会存在像你们那样神奇的生物了。宇宙虽然没有界限，但是地球上人类的世界似乎走到了尽头。地球具有高度发达的人类文明，宇宙里有很多像我们一样的人们，

对地球文明寄予太多希望。人类发展了好几千年，结果是人类自己创造了自我毁灭的文明……也就是说，人类所有的进步都是虚无缥缈的。啊，你们这些人类呀！你们亲手发明的语言，你们的双手以及你们自身，只不过是充满了各种惊奇的存在而已。”

智慧老人慢慢地转过身体，他平静地对大伙儿说：

“在我们未知的这个辽阔宇宙的某个地方，应该会存在由真实的语言和善良的双手形成的星球。我们还有希望。所谓希望，对于活着的人来说，特别是对于你们这些年轻人来说，是最重要的东西。如果宇宙中没有了希望，你们必须依靠自己努力创造出希望来。对于我们而言，希望是比惊奇更重要的事物。”

惊奇星球的人们为了寻找宇宙中新的行星，继续飞行。现在，他们飞往宇宙何处，或者在哪里着陆，没有一个人知道。

宇宙深处，万籁俱静，无边的黑暗中，繁星点点，闪闪发亮。惊奇星球上的悲剧，好像从来都没有发生一样。

春天从哪里来

[日]津田櫓冬 | 绘

远离村庄的猴山，今年，始终裹挟在暴风雪里。

猴山的国王——多吉，哆嗦着不听使唤的身体，从洞口探出头来，眺望着远处的天空。雪花从天空那边刮过来，就像烟花一样，四处飘散。漫山遍野都是树木，枯树枝和枯草上盖满了白雪。雪花沉沉地落在上面，沙沙作响。

多吉国王看着眼前的情景，心里不禁想："要是这些皑皑白雪都变成吃的，该有多好呀！"它扳起手指，开始慢慢地数起来。

“苹果、葡萄、栗子，还有松子。再加上柿子和地瓜……哎呀，说到这个月，肚子里几乎什么东西都没塞。人们经常说的‘前胸贴后背’，就是指这么一回事吧。再这样下去，我也就只能等着饿死啦。”

瘦弱的猴王多吉冻得上下牙直打架，不时发出格格的声音。它把目光移向山洞里面。

昏暗的山洞里，猴子们随便找了些地方，一动不动地坐在那里。它们都归多吉管理，有的是一家人，有的是好朋友，互相聚成一堆。猴子们形态各异，既有紧紧依偎在妈妈胸前的小猴子，也有怨气冲天、咬牙切齿的年轻猴子。上了年纪的老猴子总是躺在地上，面无表情，目光呆滞地凝望着天空。此外，那些瘦弱的猴子们，眼睛里都闪烁着异样的光芒。全体猴子们虽然都默不作声，但它们分明是在向猴王多吉乞求食物。

多吉坐在猴王的宝座上，统治猴山已有数年之久。多吉不只是力气大，而且还有勇有谋，心地善良，所以深受猴子们爱戴。当遭到敌人进攻时，多吉总是身先士卒，与敌人搏斗。猴群中出现纷争时，它又能马上平息。对于年长的猴子，还有带着孩子的母猴，多吉的照

顾总是无微不至。

因此，对于大家的期待，多吉觉得自己肩上的担子格外沉重。多吉感到大家的期待越来越迫切，它不禁咬紧牙关，闭上眼睛，陷入沉思之中。无论如何，都要想出一个好主意来呀。

多吉刚闭上眼睛，在它脑海里就浮现出那个无论如何也挥之不去、令人难以忘怀的情景。

那是发生在去年夏末的事情。那天，天气热得令人难以置信。就连猴山里的老猴子，这辈子也从来没有遇到过这样的酷暑。耀眼的太阳悬在头顶上方，酷热难耐，整个大山仿佛陷入了灼热的地狱。碧空如洗，空中虽然飘浮着云层，时不时发出轰隆隆的声响，却看不到一滴雨落下来。天气太热，田地里的农作物眼看着也都要枯萎了。

人们惶惶不可终日。再这样下去，闻所未闻的大饥

荒肯定无法避免。老百姓们为了把远处河流里仅存的一点水引过来，每天都在拼命地挖水渠。他们一直挖到了干透的河沼下面，却仍然无济于事。

稻穗也都枯死了，到了秋天，颗粒无收。除了水田，旱地同样没有收成。山里面的草木也全都干枯了。

这真是所谓的“天地变异”，大自然突然发生了令人难以置信的突变。

就这样，酷暑一直持续了好长时间。一天，多吉一个人悄悄下了山，到村子里去打探情况。猴山的栗子和松子还没有成形，就因为干旱掉了下来。它预感到今年冬天食物不够吃，就提前下山踩点，准备偷些村庄田地里的农作物。

可是，村子里的情况更糟糕，这让多吉始料未及。干透的田地里布满了裂缝，水稻的青苗还没有抽出金黄色的穗头就枯死了。地里的土，微风轻轻一吹，就四处飘扬，眼前白茫茫一片。农作物连个影子都没有。

不仅如此，由于酷暑和饥馑，骨瘦如柴的村民们倒毙在路边。在灼热阳光的暴晒下，他们的遗体都变成了木乃伊。即便如此，村子里也没有一个人还有力气去

处理后事。有几个眼看就要倒下的村民，摇摇晃晃地向山里走去。但是，他们看起来已经迈不动步子了。

等多吉看明白了现在的情景，一下子就慌了神。它急得满头大汗，心里不住叫道：

“哇，哇，哇，这下可糟了！没想到饥饿会如此严重，人们都束手无策。我要是再这样磨蹭下去，万一被人类发现，还不马上逮住我给吃了。哇！”

多吉隐身在灌木丛里，连忙奔向猴山那边。它一刻也不能耽误，得赶紧把饥荒蔓延的消息告诉大伙儿。

连人类居住的村子里都会有这样恐怖的事情，猴山应该也会马上发生饥荒的。多吉咬紧牙关，手脚不停地往前奔跑，它心里有一个声音在大喊：

“哎呀，即便是大家有了准备，但现在还没到秋天呢。等到了寒风刺骨、大雪封山的漫漫冬季，我们到底该怎么活下去啊。放在往年，我们总是到了深秋才从猴山上下来，到村子里掠夺食物。看今年这个样子，可是什么都得不到呀。糟了，这可是十万火急啊。”

多吉满脑子里都是饥荒的事情，当它匆匆忙忙在山路上攀爬时，突然停下了脚步。它注意到河谷一带有什么东西在窸窸窣窣地活动。多吉慌忙躲进树丛，悄悄向河谷那边望去。

在那儿有一个村民，正起劲地从地上摘什么东西，不断放进他胳膊下面夹着的小篮子里。

“呀，是什么能吃的东西吗？”多吉不由自主地探出身子，往村民的篮子里瞅去。篮子里面，装满了像伞一样的东西，原来是鲜红的大蘑菇。

“等等……”多吉露出惊奇的表情，不禁又看了看那个村民。

“……那种鲜红的伞状大蘑菇，不正是毒红菇吗？说到毒红花伞菇，那可是一种有剧毒的蘑菇。人要是吃了，马上就会哈哈大笑不止，在大笑中倒地身亡。这种蘑菇可不好惹。前任猴王曾经说过，再怎么饿，这种蘑菇也绝不能碰。没错，他采的就是这种蘑菇！”

多吉一边擦着滴落下来的汗珠，一边小声嘟囔着。

“可是，这到底是怎么一回事呢？这一带的老百姓，不可能不知道那种鲜红的蘑菇有剧毒。太奇怪了！”

采蘑菇的村民完全没有注意到树丛中会有一只猴子在盯着他看，他只是一个劲儿地采摘着蘑菇。

村民把蘑菇装满篮子后就下山了。多吉决定跟在他后面一探究竟。因为多吉想，也许村民知道如何去除毒素食用蘑菇的方法。

不久，村民走进了位于村尽头的小房子里，那是他的家。多吉把脸贴在窗户上，往屋子里面窥视。

屋子虽小，却收拾得非常整洁漂亮。屋子里面，有一群小孩子。多吉屈指一数，一、二、三、四、五、六、七……哈哈，兄弟姐妹七个。孩子们的欢呼声格外悦耳，他们一直都在等着爸爸回来呢。大家都伸出手接过爸爸挎着的篮子。孩子们一个个都瘦骨嶙峋，尤其是他们的双手，瘦得令人感到可怜，无法用词语来形容。

孩子的父亲把妻子从厨房喊出来，在她耳边窃窃私语。他的声音太小了，窗外的多吉什么都听不到。

妈妈从孩子手里接过篮子，说了几句话，就又走进了厨房。这时，孩子们欢天喜地的表情，简直是绝无仅有。他们大声喊着，家里都要给闹个底朝天了。瘦弱的孩子们在屋子里手舞足蹈，房间里充满了喜悦。

厨房里，大锅里挤满了蘑菇，水一开，就发出咕嘟咕嘟的响声，听起来是那么悦耳动听。

很快，小碗里就盛满了蘑菇汤，一碗一碗传到七个孩子手里。房间里热气腾腾，开始了愉快的晚餐。哇，闻起来好香呀！七个孩子的眼睛里充满了兴奋，捧着蘑菇汤，狼吞虎咽起来。轮番看着孩子们的父母，也把筷子放进了嘴里。

"……"

"爸爸，真好吃！"

"是吗，那就多吃点。"

"这么好吃的东西，从来都没吃过。"

"妈妈，还要。"

"……你爸爸好不容易采来的，好好吃。"

就这样，大家说着笑着，一碗又一碗地吃着蘑菇，都吃得饱饱的。七个孩子，心满意足地躺倒在榻榻米上。

多吉小心翼翼地注视着男主人的表情。孩子的爸爸一直都在笑嘻嘻地观察着孩子们，这时，一滴，一滴，又一滴，大颗大颗的泪珠从他眼里掉落到空碗中。就在这个时候——

"啊哈哈！啊哈哈哈！啊哈哈哈！"

"啊哈哈！啊哈哈哈！啊哈哈哈！"

房间里响起了令人毛骨悚然的笑声，这难道是人类发出的笑声吗？这是孩子的爸爸捂着肚子大笑起来。接着，孩子的妈妈，还有七个孩子们，从他们嘴里，都发出了不可思议的笑声。

“啊哈哈哈哈！啊哈哈哈哈！啊哈哈哈！”

“啊哈哈哈！啊哈哈哈！啊哈哈！”

大家捂着肚子，张开嘴大声笑着，开始在房间里滚来滚去。你滚过来，他滚过去，你撞我，我撞你，大家滚到一起，谁也不管谁。他们的笑声更大了，嘴歪眼斜，表情变得极其可怕。

这番情景，多吉日后一想起来都会觉得毛骨悚然。他害怕极了，心里顿时变得冷冰冰的。

现在，多吉都不明白自己听到的还是不是笑声。这家人疯狂地吼叫着，他们的脸肿得发紫，口吐血沫，一个接着一个倒在榻榻米上，不一会儿就四肢抽搐，气绝身亡。笑声戛然而止。

这一切都在短短的时间发生，多吉吃惊得眼睛都瞪圆了。它脸色苍白，身体抖个不停。等一切都归于平静后，多吉稳住颤抖的双腿，跳下窗台，急忙往猴山那边逃去。

“哎呀，真是匪夷所思，令人难以置信。连那么可爱的孩子都失去了生命。在这场大饥馑中，与其被活活饿死，还不如在笑声中大家一起去死来得痛快。不管怎么说，最后还落了个饱死鬼。没错，没错，就这么办吧。不行，怎么能这样呢？那样去欺骗孩子，让他们高高兴兴地去送死。这种做法简直是畜生不如。……不对不对……作为父母，又怎么能看着孩子们在自己眼前活活饿死呢？一想到如果自己先死了，留下来的孩子们的遭遇，作为父母，怎样承担？没错，一定是那样的。

然而，自己亲手结果自己的性命，这么可怕的念头，从来都没有在多吉脑海中出现过。更何况是对自己的孩子下手了……唉，人类真是太过分了！”

多吉绷着脸走向猴山。走着走着，多吉忽然停下了脚步，它似乎犹豫了一下，迅速回身左右看了看，然后就一下子闪进了旁边的小路。多吉下到谷底，采了许多鲜红色的蘑菇，并迅速把蘑菇藏进树洞里。

“那个时候，我为什么会去采毒蘑菇，并藏在树洞里呢？……”

咳咳，咳咳，望着下个不停的大雪，多吉不由得深深叹了一口气。

可是，多吉绝不会让大家发现它心中的不安。它保持着作为猴王的威严，像往常一样严肃地坐在山洞的入口处。

这时，突然有谁大喊了一声：“大王！”多吉回头一看，发现猴子权太正站立在它身后。在所有年轻的猴子中，权太的力气最大。

一看到权太充血的眼睛，多吉就感觉好像一盆冷水从背后浇了下来，但是多吉讲话的声音依然很镇定。

“什么事，权太？看你那副愁容……想说什么的话，坐过来！”

权太仍然站在那里，它对多吉说话的声音仿佛是从牙缝中挤出来的一样。

“大王，我们实在受不了啦，希望您务必召集大伙儿来谈一谈。”

“……哈哈哈，你来得正是时候。好，你的眼神不只是代表你。山洞里的年轻人，它们的眼神也都和你一样。我早就知道你们在想什么了。现在，是到了该回答你们疑问的时候了。长老和头领们都集合到我这里来。年轻人还没有发言的资格，但是，我会让你们参与大家的发言，仅此一回。”

听到多吉低沉而严肃的声音，山洞里的气氛也一下子变得紧张起来。

胸前紧紧抱着瘦弱小猴的猴妈妈们，让小猴子安

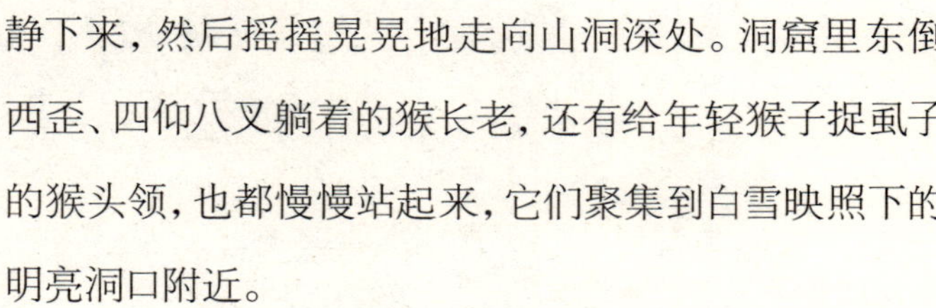

静下来，然后摇摇晃晃地走向山洞深处。洞窟里东倒西歪、四仰八叉躺着的猴长老，还有给年轻猴子捉虱子的猴头领，也都慢慢站起来，它们聚集到白雪映照下的明亮洞口附近。

“各位，召集大家来的理由再明显不过了……从去年夏天到秋天，由于干旱，无法贮存任何过冬的食物。众所周知，山里的松子和栗子，还没有成熟就一个个掉下来了。村里的水田、旱地都干透了，村民们也早都饿死了——以前从未发生这样的事情。我们到处找能吃的东西，总算熬到了现在。可是，如今大雪又下个不停！那么，各位，以后到底该怎么办好，谁有什么好主意吗？”

这时，权太突然从年轻猴子中站了起来。它喘着粗气，拧着眉毛激动地说：

“让我们年轻一代来决定吧。现在最重要的，是不能断了猴山的血统。为了保住血统，只能让弱者死去，强者活下来。难道不应该是这样吗？不能再给老猴子和小猴子吃东西了，怎么也要让强者活得更久一点。”

“呲！”猴长老举起瘦得像枯枝一样的双臂，尖利地叫了一声，“闭嘴！你们这些小子没有发言的权利！”

“你说什么！什么叫作闭嘴？”一只猴子恶狠狠地往前一蹿，那架势就像要揪住老猴子一样。

“放肆！”多吉制止了它。

“不管怎么说，现在最需要集思广益。年轻的猴子也可以发言，好了，权太，你在大家面前说说你的理由。”

“所以，也就是说，再这样下去的话，大家都得饿死。与其这样，还不如……也就是说，为了让那些挑选出来的年轻力壮的猴子哪怕是多活一天，事到如今，只能让弱者放弃……”

“你这家伙，想干什么？让你发言你就忘乎所以了。”一只猴头领挥舞着拳头叫道。多吉让猴头领安静下来，接着说：

“也就是说，以后即使找到了食物，也不能分给弱者，见死不救吗？”

“……”

“这有违猴山的规定！完全违反了！”其他猴长老声音嘶哑地喊道。

这时，权太好像又恢复了勇气，它语气强硬地说：

“现在可不是谈论什么规定的时候，即便是分给

弱者食物，如果优秀的强者无法生存的话，这座猴山的纯正血统就消失了。”

“血统到底是什么？为什么非要把那种所谓的血统传下去？哈哈哈，年轻人啊，你们说这说那的，就是为了想给自己制造苟延残喘的借口吧。哼！”

一只猴头领愤愤不平地刚一说完，山洞中就充满了火药味。由于饥饿和绝望，猴子们的眼睛里闪着凶光，你看着我，我瞪着你，大家心中都充满了愤怒。再这样下去，一场凭借武力的争斗马上就要发生了。

“如果这时发生争斗的话，弱者首先被杀死，制成干肉。以前，传说中的那种‘猴肉干’就是这样的。——面对饥饿的威胁，一旦吞下肉干，这种滋味怎么都不会忘掉。而且，被吃掉的猴子家人的仇恨会唤起新的仇恨，引起无休无止的战争。猴子们之间会相互杀戮，直到最后一只猴子倒下，整个猴群灭绝。唉，我统治下的猴山上的猴子们，绝不能就这样灭绝。真要是这样的话，还不如一了百了……”

多吉朝山洞外面望去，它不由得发出一阵阵低吼。厚厚的积雪已经完全覆盖了多吉长年统治下的猴山。大雪还在持续，而且下得更大了。

“毒红菇，红笑菇。毒红菇，红笑菇。对了，能让人一了百了的东西就藏在那个树洞里。大家吃饱后，就会笑着死去。这比自相残杀导致猴群灭亡要强多了。”

一想到这些，多吉脑海里就会浮现出去年夏天它看到的悲惨情景。那七个孩子死去时的脸庞，肿得发紫。

“哎呀，不行，绝对不行！小猴子什么都不懂，就那样让它们死去。太可怕了，我可万万办不到。我们和人类可不一样。”

多吉痛苦极了，在这无边的痛苦中，它胸中迸发出一声怒吼：

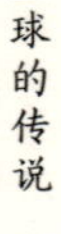

“混账，今年的春天为什么还不来呢！”

山洞里一下子变得鸦雀无声。

这时，山洞深处，一只坐在妈妈怀里的小猴子问道：

“妈妈，春天从哪里来呀？”

听到小猴子可爱的声音，山洞里那极度紧张的气氛一下子缓和下来。猴子们松了一口气，七嘴八舌地说起话来。

“春天啊，她从很远很遥远的地方来。”

猴妈妈回答说。

“很远很远的地方，有多远呢？”

“翻过那座白雪皑皑的雪山就到了，春天就在那座山的对面。那里冰雪消融，或许还盛开着鲜花呢。”

听到它们母子的对话，多吉心里充满了感动。是啊，这些小猴子们，不管到什么时候，都像太阳底下的花朵一样，充满了无限生机和活力。

“那么，今年的春天早晚也会到来吧。可是，妈妈，我等不及了。如果春天还不来的话，我们大家去迎接春天吧！”

“别说傻话了，你这个小鬼！”一只猴长老神经质般地叫道，“去迎接春天这样的说法，我可从来没有听说过。从很早以前起，我们就在猴山这里等待春天。而且，春天每年都会来到这里。好了，小家伙，等着吧。我们现在唯一能做的就是等待。”

“为什么呢？可是，我们都等了这么久了，春天如果还不来的话，只有去迎接春天了。我去，我下山去迎接春天。”

“你要下山？”

多吉大吃一惊，差点跳了起来。“如果选择下山的话，迄今为止苦心经营的一切难道不是都要失去吗？在自己多年的治理下，这座大山已经变得非常富饶，怎么可能抛弃它？我是这里的国王，怎么能允许这样的事情发生？”

多吉站在那里不知所措，在它眼前，刚才说话的那只小猴子挣脱开母亲的怀抱，跳了出去。接着，一只又一只小猴，还有年轻的猴子们都追了过去。它们后面，还跟着穷追不舍的猴妈妈们。小猴子们一点一点地扒开厚厚的积雪，向着妈妈所说的大山那边前进。

多吉出神地凝望着这番光景，过了好一阵，它说：

“没错，原来我不是为了救大家的性命，而是不想失去猴山呀。虽然小猴子们都想要活下去！”

多吉回头看了看山洞里面，它温和地对留下来的猴子们说：

“快点，伙伴们，一起下山吧，一起下山去迎接春天吧。春天在哪里呢？刚才的谈论就到此为止吧，首先，我们要翻过面前这座雪山。”

不知不觉，留在洞里的猴头领和猴长老都聚集在洞口处。猴妈妈的后面跟着年轻的猴子，接着是猴头领，最后猴长老们也加入了下山的队伍。

当确认最后一只猴子离开山洞后，多吉开足马力跑到了队伍的最前面，它使出浑身力气扒开厚厚的积雪，向着前方进发。

多吉和群猴越过山谷，渡过冰封的河流，穿过结着雾凇的森林，继续前行。

也不知从什么时候起，队伍变得有些凌乱，身强力壮的年轻人中，有的帮着疲惫的猴妈妈背起猴宝宝，有的从两边搀扶着脚步不稳的猴爷爷，大家就这样继续往前走。

长途跋涉中，猴群不知遇到了多少艰难险阻，也不知有多少只猴子，用尽了最后一点力气，倒在了大雪中，但是，猴子们迈着坚定的步伐，义无反顾地向着春天，向着春天，前进！

就这样，也不知过了多长时间。不对，大家似乎都已经忘记了时间的存在。

一天，一只小猴子大喊道：

“呀，对面山上，好像没有雪呀！喏，刮来的风里还有花香呢！”

听到小猴子的话，多吉突然感到全身一阵轻松。

“啊，没错，这是春风。”

多吉一直走在队伍的最前列，它不分昼夜地扒雪开路，拼尽了全力。当柔和的春风吹拂在多吉脸颊上时，极度劳累的多吉扑通一下子倒在了地上。

“春天！春天！”

“哇——春天来了！春天来了！”

小猴子大声欢呼着，它们从倒下的多吉身上跃过，连滚带爬地向前跑去。其他猴子，也拼尽全力，一个劲儿地往前跑。

独自躺在大雪之中的多吉，脸上露出了发自内心的幸福微笑。听到渐渐远去的伙伴们的欢呼声，多吉的脑海中，浮现出这样的情景：在鲜花盛开的春天的田野上，小猴子欢快地跳来跳去。

“你们一定要好好地活着，活泼的孩子们……没错，春天是我找到的！”

多吉的嘴唇轻轻动了动，安详地闭上了眼睛。

沙漠里的恐龙

[韩]康禹铉 | 绘

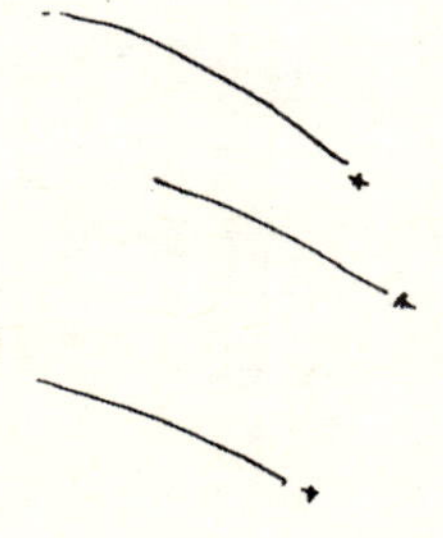

这件事真的谁都不知道，在一望无际的辽阔沙漠正中，沉睡着一只巨大无比的恐龙。恐龙在沙漠深处，足足睡了一亿多年。它不会死，也不会感到饥饿。为什么呢？因为在恐龙头顶上有一个大绿洲，那里的生命之水每天吧嗒吧嗒地滴进恐龙嘴里，滋润着恐龙的身体。

就在不久前，发生了一件事。一天，一个载满了高级香油的骆驼商队，从这个大沙漠中穿过。这个商队还是第一次贩卖香油。他们来到沙漠中心时，商队的同伴之间发生了激烈的争吵。

你听，吵架的理由原来是这个呀。请好好听听吧——

卖了香油后，到底该怎么分钱？这些男人之间产生了完全不同的意见。刚开始，他们在沙漠里边走边谈，但是怎么也谈不拢。最后，男人们在绿洲那里停下脚步，把骆驼拴在椰子树上，围个圈坐在一起，讨论金钱的分配问题。

最先开口说话的，是一个诡计多端的老年人。他说起话来旁若无人，好像自己无所不知似的。

“好啦好啦，以前，卖香油挣来的钱，都是这样分

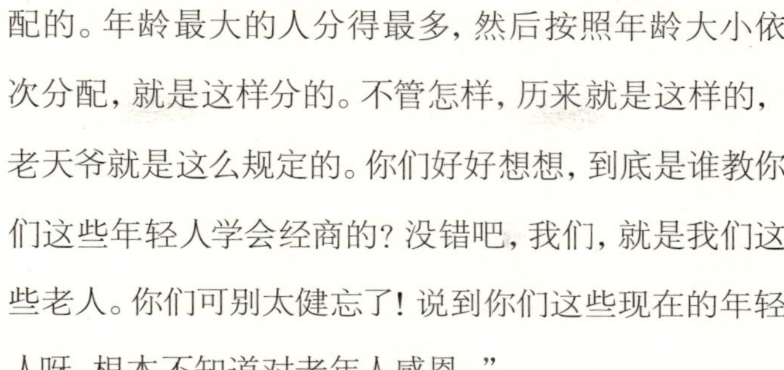

配的。年龄最大的人分得最多，然后按照年龄大小依次分配，就是这样分的。不管怎样，历来就是这样的，老天爷就是这么规定的。你们好好想想，到底是谁教你们这些年轻人学会经商的？没错吧，我们，就是我们这些老人。你们可别太健忘了！说到你们这些现在的年轻人呀，根本不知道对老年人感恩。”

这位老人话音刚落，一个胡子拉碴、头上缠着白头巾的大高个开口了。他犀利的目光投向遥远的地平线那边，说话的语气很谨慎。

“这还用说吗？卖香油时，干活最多的人应该拿到最多的钱吧。你们这些老年人，只会说这些话，什么身体不舒服啦，要好好休息啦，累得要死啦……凭什么要

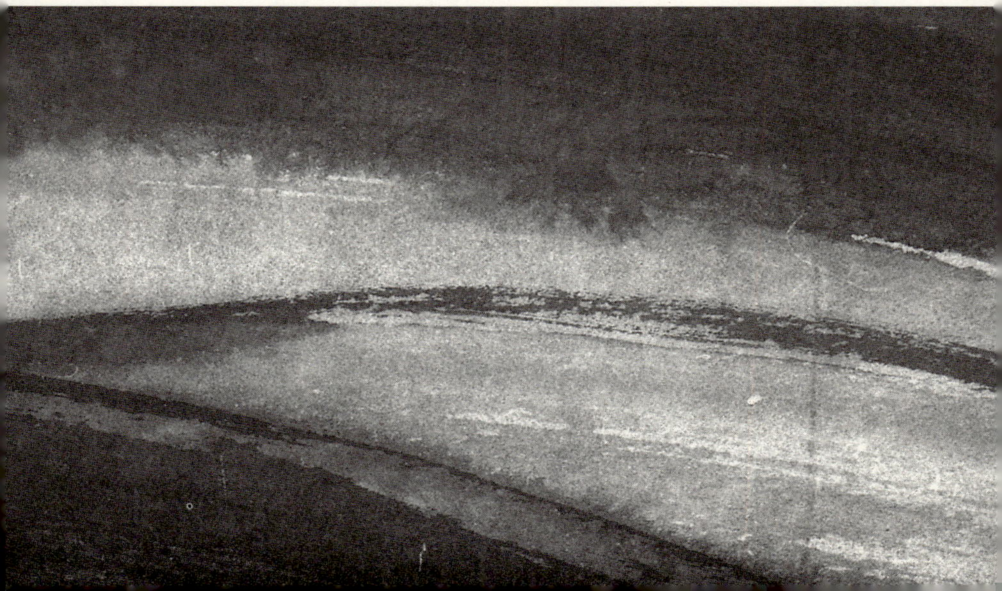

多给你们钱？不管是白天还是黑夜，干活的都是我们这些小伙子。要是按照干活多少分钱的话，年轻人的劳动热情会更高。”

这时，一个看起来有点神经质的小个子男人按捺不住了，他脸色苍白，声音尖细，十分急切地说道：

“别急别急，让我先说两句。这种上不了台面的小事根本就不值一提，世上早就有了定论。我们按‘规矩’来分钱就行了。这个‘规矩’不就是社会上公认的‘门第’‘等级’这些重要的东西吗？没错，我们这些人里，谁出身高贵，谁地位显赫，就应该多分到一些钱。为了钱，你们一个个争来争去的，不觉得丢人吗？还有，你们也别忘了那些投资的人。是啊是啊，我都忘

说了，我的父亲可是印度国王妹夫的表弟啊。”

“有完没完！我可不想听你废话！”第四个男人叫道。他身体消瘦，衣衫褴褛，头发乱蓬蓬的。他说话时，眼睛瞪得溜圆。

“什么玩意儿呀，你们这些家伙还有点同情心吗？要是有同情心，你们会那么自私、只顾自己吗？你们给我好好瞧瞧！有钱的老爷才不需要那么多卖香油的钱呢，反正他们也不会饿死。可是穷人就不一样了，要是分不到自己该得的那一份，早就活活饿死了。穷人生下来就是命苦呀，一辈子受穷受累的，连吃都吃不饱呀。”

在这个男子粗野的声音中，太阳渐渐向远方的地平线落下。围坐在一起的商人们的影子，长长地投射在

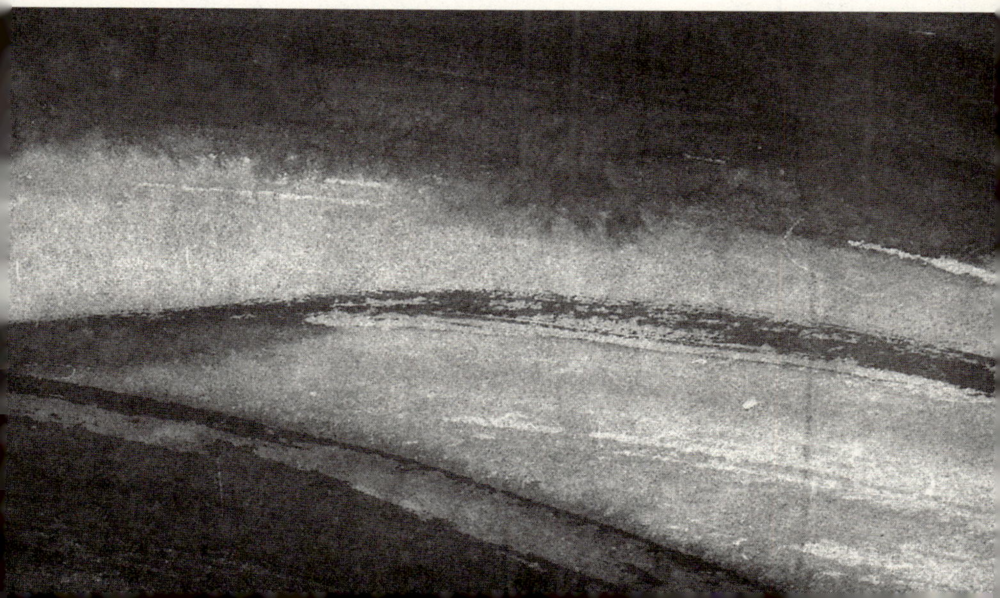

冰冷无情的沙漠上。他们吵了一整天，感到疲倦极了。

“就这样争论下去……”第五个男人轻轻抚摸着他的灰色络腮胡子说，“根本就没有尽头，这点道理都不懂吗？你们这些人好像一点脑子都没有，缺乏智慧的人生只会带来更大损失。好了，你们听好了，为了让大家都满意，挣的钱大家一起平分——这才是最聪明的解决办法。愚蠢只能给大家带来灾难。”第五个男人话虽然不多，但他对自己很满意，说完就坐下了。

突然，一个长着黑胡子的男人跳了起来。这些人里，就数他身体最强壮，力气最大。他突然拔出剑来。

“闭嘴！别啰唆了。好啦，最厉害的人应该分最多的钱。”他发出可怕的怒吼声，扫视着惊恐的同伴们。

他的脸在夕阳的映照下，显得极其恐怖。

“怎么样？谁力气最大，谁的剑最长，谁才是沙漠和城市里的统治者。统治者才应该分到最多的钱。来，大家都拔剑吧，看谁是最后的统治者！”说完，黑胡子男人就叉开双腿，向对面那个正要拔剑的男人一剑刺去。

于是，大家都停止争吵，动起手来。不管是强者还是弱者，都拔剑而起，你死我活地拼杀起来。

在激烈的拼杀中，刀剑的碰撞声，人们的厮杀声，交织在一起，现场一片混乱。混乱中，商队的这些男人们，丧失了理智，一个劲儿地互相杀戮。就这样，一个人倒下了，又一个人倒下了。鲜血在沙地上流淌，眨眼间

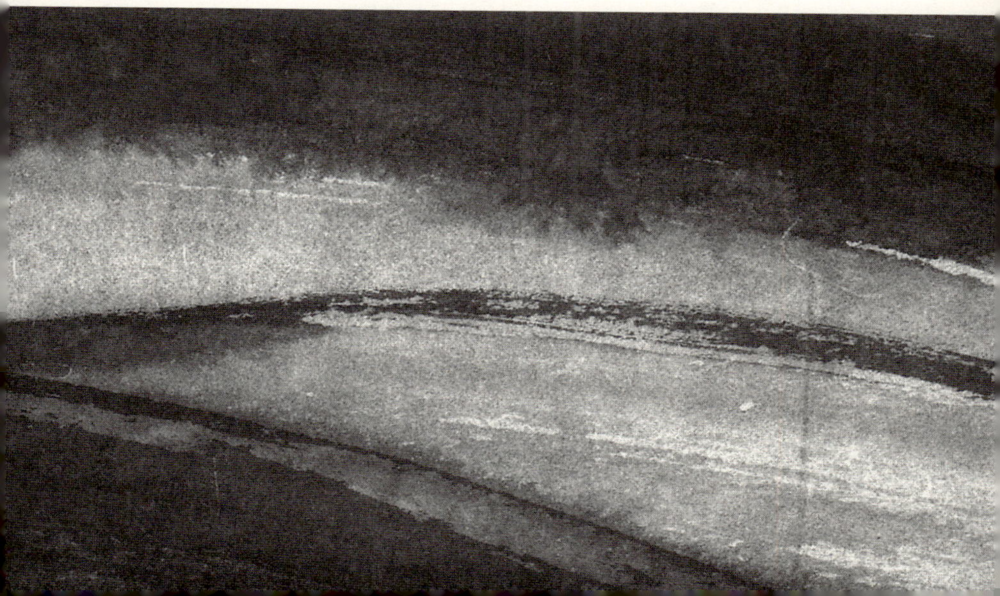

就汇聚成一大摊，渗进了沙漠里面。

在夕阳的刀光剑影中，听到男人们的争斗声，拴在椰子树上的骆驼也受到了惊吓。它们一会儿在原地踏步，一会儿又绕着椰子树跑来跑去。放在骆驼背上的香油罐子一个接一个掉在地上，摔得粉碎，昂贵的香油慢慢渗进沙子里面。可是，似乎谁都没有发现这一切，人们只顾着厮杀，香油的事情完全被抛在了脑后。

谁也不知道这场争斗持续了多久，到底真实情况如何，人们一无所知。总之，商队里的男人，一个接着一个倒地死去。最后，只剩下了那个黑胡子男人和缠着白头巾的大高个。

然而，他俩的争斗马上就结束了。因为两个人都受

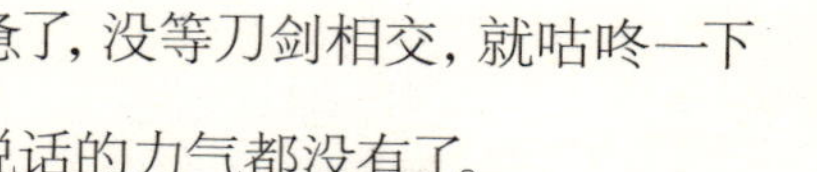

了不少刀伤，他们太疲惫了，没等刀剑相交，就咕咚一下倒在沙地上了。他们连说话的力气都没有了。

这时，夜空中群星闪烁，景色美丽动人。寂静的沙漠深处，东倒西歪躺在地上的商人们，破碎的罐子，还有静静伫立在那里、依然拴在椰子树上的骆驼，借着朦胧的星光，都依稀可见。

忽然，沙地开始慢慢隆起，眼看着出现了一座小山。接着，一阵巨大的沙沙声中，一只巨大的恐龙从沙山里钻了出来。

恐龙的背上长着很多刺，直指天空，在星光的照耀下，令人不寒而栗。它那双红红的大眼睛好像要喷出火来，嘴里那排牙齿锐利无比，再坚硬的岩石也能一口咬碎。

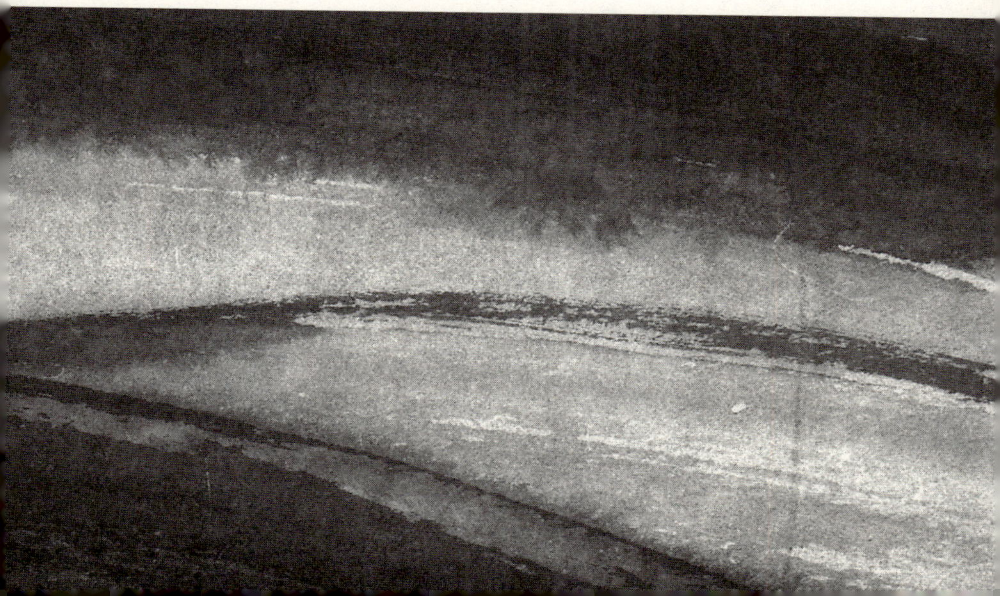

恐龙一动不动地盯着躺在地上的人们，鼻子发出“哼哼”的响声，慢吞吞地走到他们旁边。接着，他猛地张开大嘴，把这些人一个接着一个吞了下去。黑胡子男人和白头巾大高个大喊大叫着想拼尽全力逃跑，可是恐龙一点都不留情，左一个右一个，咔哧咔哧地把他们全都给吃了。吞下了最后一个人后，恐龙打了一个大喷嚏，开始自言自语起来。

“烦死了，该死的人类。怎么会这么烦人呢……为什么人类总是那么喋喋不休？还有，总是动不动就开战。我本来还想在沙漠里再睡五万年呢。五万年后，地球应该会多多少少变得安静一点吧。”

说完这些，恐龙“呃”地打了个饱嗝。

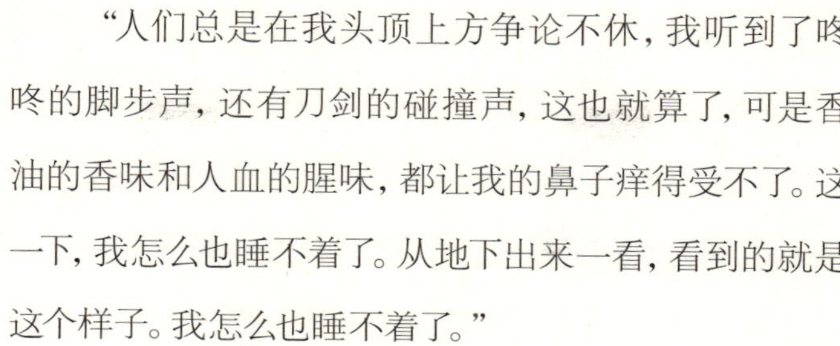

“人们总是在我头顶上方争论不休，我听到了咚咚的脚步声，还有刀剑的碰撞声，这也就算了，可是香油的香味和人血的腥味，都让我的鼻子痒得受不了。这一下，我怎么也睡不着了。从地下出来一看，看到的就是这个样子。我怎么也睡不着了。”

接着，恐龙像是怕被背刺扎到一样，小心翼翼地弓起背来。它卷起尾巴，慢慢地坐在沙地上，仰望着晴朗夜空中璀璨的星星。

“嗯——夜晚的星星一点都没变啊，想当年我们恐龙统治这个世界时就是这样……我们那个时代，纷争不断，很多伙伴们都一个接着一个死去了。好可怕，好痛苦呀。大家，所有的恐龙都死了。我的兄弟也一

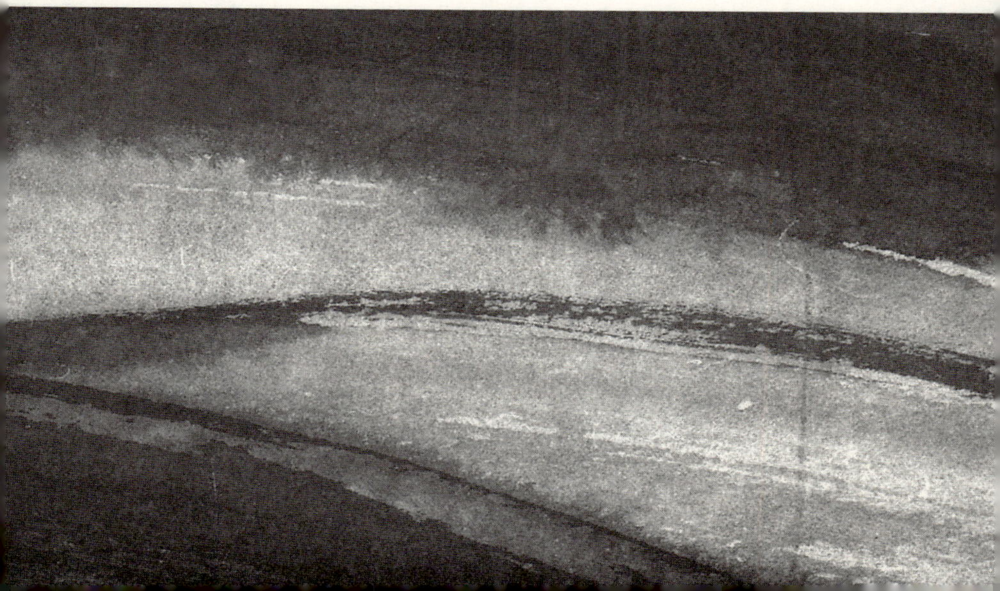

样，还有朋友们……大家都死了。”

恐龙对着满天的星星，一直在自言自语。

“对那些自相残杀的同伴们，我烦透了。我不想看到这些，才决定在地下安静地休息。为什么？现在又轮到人类登场了。这些两条腿的小家伙，地球上到处都有他们的身影，他们代替了恐龙，开始争斗。这是为什么？人类和我们不一样，他们没有尖牙利爪，还这样……啊……我明白了。这样下去，人类也马上就会灭亡的。这帮可怜的家伙！”

恐龙慢慢地闭上眼睛，它把要从大肚子里面打出的饱嗝摁了回去。一会儿，恐龙又睁开了红红的大眼睛，眼珠骨碌骨碌地转了转，过去那些事情好像一下子

都涌上心头。

不知不觉，恐龙的眼睛湿润了，巨大而透明的泪珠在红红的大眼睛里转动。然后，恐龙一声长叹。突然，它巨大身躯发出一声巨响，倒在了沙子上面。转眼之间，恐龙变成了一座巨大的化石山。

没过多久，恐龙形成的化石山就被沙漠深处刮来的沙子埋没了。就在这个时候，白茫茫的沙漠上空，出现了一条横贯天空的巨大彩虹，这真是令人感到神奇。

“哎呀，这是海市蜃楼吗？”一个微弱的声音，随风而去，飘向大沙漠的上空。

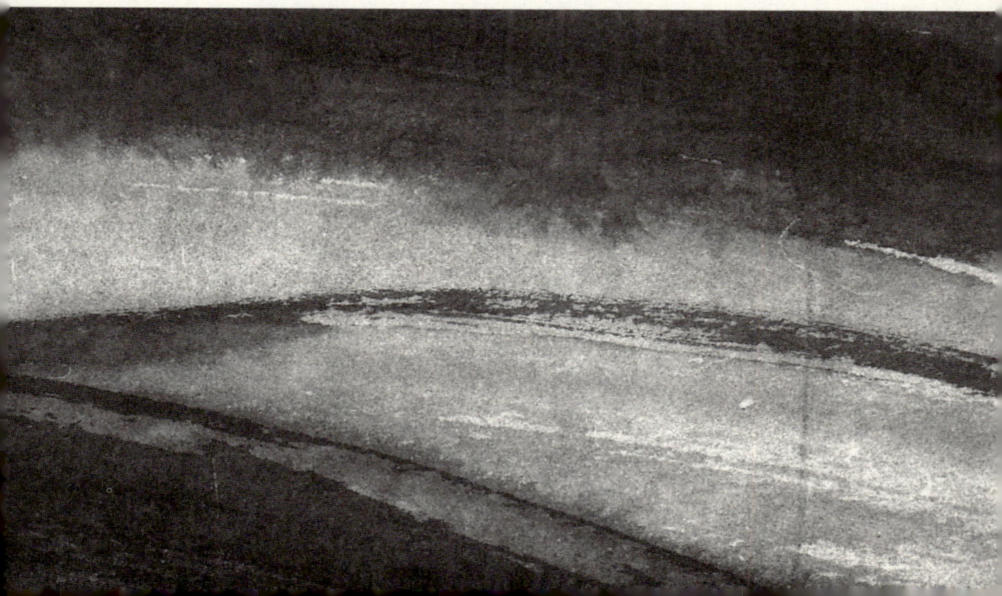

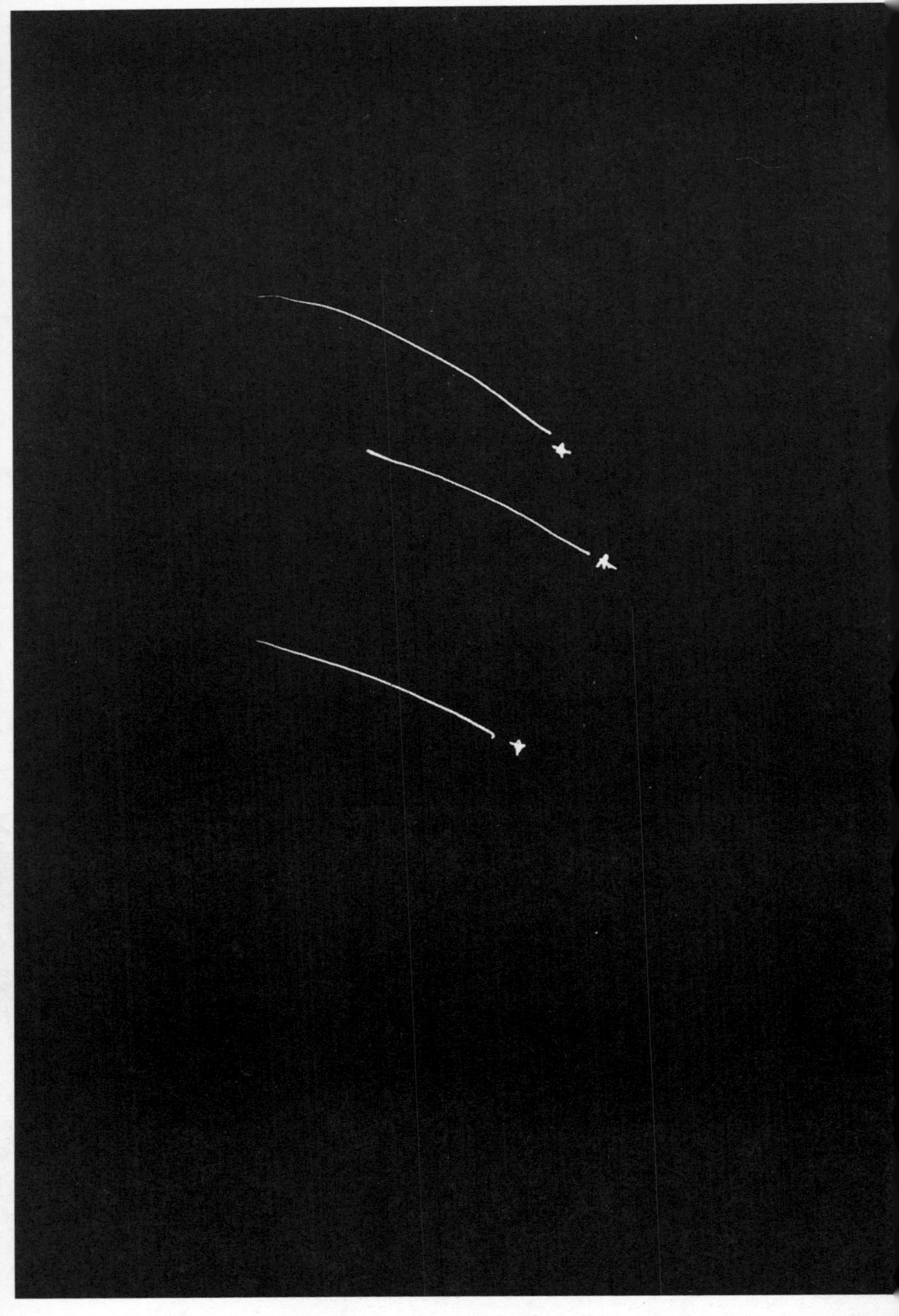

狐狸阿吉

[印度]拉玛·昌德拉 | 绘

早春二月，地冻天寒。阳光照在硬邦邦的雪面上，闪闪发亮，十分刺眼……要是在往年，这座山里的动物们还正在冬眠，没有什么故事可讲。然而，今年却有点奇怪。

这个时节，和煦春风吹拂的日子离我们还非常遥远，可是狐狸阿吉却结束了沉睡，从深深的洞穴里钻了出来。现在，它正陷入沉思默想呢。哦，对了对了，说到“沉思默想”，从字面的意思来看，就是形容默不作声、深入思考的样子。你可别小看狐狸，觉得它没有思

想，不会思考。在这个现代化的社会里，狐狸的烦恼可多了。它会时不时地发出嗷嗷嗷的低沉叫声，表达自己的苦闷或悲伤。

冬夜漫长，遥遥无期。整个冬天，狐狸阿吉都在苦思冥想，几乎都没合过眼。所以，它刚从洞穴里钻出来时，眼睛是红通通的，布满了血丝。毛也乱蓬蓬的，它引以为豪的银色尾巴也失去了往日的光泽。要是说起阿吉为什么如此烦恼，那话可就长了……其实，这都怪高尔夫。什么？你想问狐狸和高尔夫有什么关系？——这

个嘛，那你就听我讲吧。

去年秋天，大山里开辟出一大块地方用作高尔夫球场。从此以后，每当看到人们在那里兴高采烈挥舞球杆的样子，阿吉就很羡慕，为之倾倒。据说，这些人被称为“工薪族”。周一到周五，他们打着领带、西装笔挺地去办公室上班。等到了周末，就来到这郁郁葱葱的大山里，悠闲地打小白球。这就是他们的工作。

来打高尔夫的人们，衣着潇洒，兴致勃勃。看到这种情景，躲在草丛里的阿吉浮想联翩。和人类比起来，自己的狐狸生活，简直太辛苦、太无聊了！为了能逮到野兔、田鼠，自己每天都在灌木丛和沼泽地里窜来窜去，有时还要跑到村里去抓鸡，结果被村民撵得东躲西藏。

“啊……真想变成人啊，真的。我也想过过工薪族的生活。怎么办呢？对，我决意要变成人。——别别别，要是变成人的话……”阿吉整个冬天都在为此事而烦恼。

就在我给你们大伙儿讲这些事情的时候，阿吉就坐在狐狸洞口，一动不动地在沉思默想。突然，它打了个激灵，这激灵从尾巴尖儿一直传到耳朵尖儿。

“我不当狐狸了！”

阿吉叫道。它的喊声，穿过田野，飞过大山，一直飘到遥远的大海边，仿佛地球上到处都回响着它的声音。

“以后我要变成人啦，要变成人……”阿吉嘟囔着。

阿吉决心使用“圈魂丹”法术。“圈魂丹”法术，就是只有狐狸才会使用的独特变身术。首先，把一片槲树叶放在头顶，说声“圈！”就能模仿任何人的声音；然后，说声“魂！”就能变成任何人的模样，可是，只有尾巴还留着；最后说声：“丹！”尾巴也没有了，此时就完全变成了人，就没法再变回狐狸了。所以，阿吉妈妈从小就嘱咐阿吉，绝对不能完整讲出“圈魂丹”这三个字。然而，阿吉最后还是下定决心要变成人，不再听妈妈的话了。

阿吉紧紧闭住嘴唇，把一大片槲树叶放在头顶。

“阿吉，你在干什么？”

阿吉惊慌地回头一看，发现妈妈就坐在自己身旁。

“阿吉，妈妈我完全知道你这一冬天都在想什么。可是，人类的生活，可不像你看见的那样快乐。”

“妈妈，我已经决定了。我一定要变成人，不管怎样都要变。冬天什么食物都没有，只能在山里流浪。还有，人类总是拿着枪追来赶去，说不定哪天我就变成了狐狸皮。这种狐狸生活，我已经受够了。我要变成城里的工薪一族。妈妈，等我领了工资，一定给你买许多鸡吃。”

阿吉一口气说完这些话后，尖尖的嘴朝向天空，准备念咒语。

“阿吉！”狐狸妈妈急忙制止道，“妈妈一直都没告诉你，其实，到现在为止，我们有好几百只同类在使用‘圈魂丹’法术后都变成人，下山去了。可是，它们后来到底是怎么生活的？它们的人生是什么样的？是死是活？谁都不知道啊……妈妈说这些都是为了你好。阿吉，你再想想吧……”

狐狸妈妈还没说完，阿吉就一下子打断了她：

“妈妈你这么说的话，那我问你，适合我们居住的山林又在哪里呢？美丽的青山难道不是都被推土机和铲车给毁坏了吗？山里的狐狸还有希望吗？妈妈，我要走了！”

阿吉说完，伸出右前腿使劲按住顶在头顶的槲树叶，大声喊道：

“圈、魂、丹！”

一刹那，在刚才狐狸阿吉站着的地方，出现了一个把右手放在头顶的年轻人。它身材高挑，穿着深蓝色的西服，一本正经地打着红色的领带。变成人类的阿吉，手从头上放下来，轻轻摸了摸胸前的领带，又小心翼翼

地摸了摸身后，发现尾巴也没有了。而且，它还能用人类的语言说话。一想到今后就能一直以人类的面目出现，阿吉快乐得要发狂。

和满面得意的阿吉相反，狐狸妈妈脸上怅然若失。它直愣愣地盯着阿吉，一道又一道泪水，从它的大眼睛里流了出来。看妈妈这样，阿吉慌了，它连忙安慰妈妈说："我还会回来的……"说完，就急匆匆地下山了。

阿吉步履匆忙地下山后，终于踏进了城市。——当然啦，刚开始阿吉胆战心惊，生怕有人识破自己的原形是狐狸。它就怕有人大声喊："哎呀，是狐狸！是狐狸穿着西服在这儿走路呢。"所以，每当阿吉和行人擦身而过时，总是低头偷偷窥视对方的表情。但是，走了半天，也没有一个人怀疑阿吉的身份。于是，阿吉生出了自信，它高高挺起胸脯，大步流星地往前走。突然，它停在一个十字路口，眼前出现了一座金光闪闪的大楼。它抬头望去，看到上面贴着一张很大的招聘广告——

紧急招聘职员一名！
男性，年龄二十五岁以下。
对买卖动物感兴趣者。待遇丰厚。
高山时尚股份公司
Mountain Fashion Co.

阿吉自言自语：“好啦，就这个了。”它推开大楼正面宏伟的大门，毫不犹豫地走了进去。

阿吉径直走到接待处，那里坐着一位年轻的女士。它大声问：

“你好！外面那张广告纸上写着的‘职员’一词，指的就是工薪族吗？”

“啊？……嗯……嗯，是的。不好意思，您……”

“呀，太好了！我就是想当工薪族才来的。那么，请您一定要让我在这里工作。不好意思，女士，总经理在哪里？我想马上见到总经理先生。”

接待处的女士眨了眨眼睛，回答说：

“好的，总经理在三层三十三号房间的办公室……”说完，这位女士就扑哧一声，忍不住笑了起来。因为阿吉问话时一脸严肃，那样子简直就和狐狸一模一样。

去总经理办公室的路上，阿吉若无其事看了看自己在走廊镜子里的形象——没错，虽然自己长着一副人的样子，但狐狸的影子怎么也无法摆脱。眼睛有点发愣，嘴角咧向两边，嘴巴向前突出，耳朵好像也是尖尖的。

“这样不会被人看穿吧。别想了，应该不要紧的。”

阿吉心里犯着嘀咕，打开了写有“总经理办公室”的房门。

“您好，总经理！……您……俺，不，我，请一定让我成为这家公司的职员。我想当工薪族。狐狸那玩意儿，早就……”

阿吉慌忙捂住了嘴。

“不对，我是说，虽然我长了一副狐狸相，但品性善良，为人正直。”

总经理是个长着红脸膛、胖墩墩的男士，他嘴里叼着雪茄，从一堆文件中抬起头来，不耐烦地说：

“你，先把简历拿来。”

从早上开始，总经理面试了好几十个人，他已经疲惫不堪了。

话说回来，有生以来，“简历”这个词，阿吉一次都没听到过。它眨着眼睛问总经理：

“那个什么……对不起，‘jiǎnlì’到底是什么东西？——其实，我今天什么都没有带……”

“什么？你不知道简历？！——你在开玩笑吧。”

总经理瞪大了眼睛，他怒视着阿吉，在烟灰缸上捻着雪茄烟头。

“不是，我没有开玩笑。我确实不懂……那个叫作‘jiǎnlì’的东西，是成为职员必不可少的东西吗？”

总经理目不转睛地瞪着阿吉。

“哼……既然是这样，为慎重起见，我就告诉你。简历这东西嘛，就是一张盖着你名章的纸。上面要清清楚楚地写着你在哪里出生，从哪个学校毕业，迄今为止你都干过些什么。哼，连简历是什么都不知道，又怎么能在公司工作？我们公司不用你，赶紧走！不用面试了！”

总经理怒吼道。

阿吉心想，这下可完了！

“……可是，即便是说到现在我都干了些什么……一直住在山里，到处追兔子……有时，还去山脚下的村子里偷鸡……我也没有毕业院校。”

看着磨磨叽叽的阿吉，总经理暴跳如雷。

“你这个乡巴佬难道连名字也没有吗？进到房间来，你应该先报上你的名字。这点常识都不知道吗？”

阿吉慌忙说：

“那个……那个……我不是乡巴佬，我叫阿吉。我住在山里，住在山里……没错，我就叫山住阿吉。”

狐狸阿吉越说越来劲儿，它松了一口气，继续说：

“那个……住址嘛……那个，那个，在深山里，山洞里……对了，对了，我住在山奥市山穴村。”

总经理听了，皱了皱眉。

“好奇怪的名字啊——还有，山奥市山穴村这样的地名我还是头一次听说。”总经理盯着一脸严肃的阿吉，“说不定，你是住在深山里的狐狸变的吧？”

说完，总经理朗声大笑。

“糟了！还是被认出来了。”

阿吉紧张得心脏都快要跳出来了，虽然它冷汗直流，但是仍一本正经地反驳道：

“哪有这样的事，总经理先生。俺……不，我是人，不是狐狸！你看，我没有尾巴，确确实实就是人啊！”

这一下，总经理笑得更厉害了。

“哇哈哈，开玩笑，开玩笑。不管怎么说，你嘴巴的形状，总觉得和狐狸很像，无意中就失言了。活生生的狐狸，怎么可能到我们公司来呢？别，别介意，别介意啊。”

……总之，总经理的心情似乎有了很大改变。

“对了，既然你没有简历，我想听听最关键的地方。你是从哪里毕业的？”

“毕业学校嘛……”

阿吉又陷入了困境。当然，它没有毕业院校——从学校毕业的狐狸，这世上应该一只都没有。可是，没有毕业院校，肯定不能成为这家公司的职员。想到这里，阿吉急忙回答说：

“所……所有的学校我都上过。从小学到大学，全都上过。”

“唷……是吗？你说上过学，那么学校可是参差不齐的。你是从哪个大学毕业的？”

“这个嘛……那个……国立……国立……动物公园大学。”

阿吉灵机一动，想起了高尔夫球场后面那个宽敞的国立动物公园。

“唷，了不起！国立大学吗？”

总经理一副很佩服的样子。

“好了，好了。其实，我们最想要的就是大学毕业的优秀职员。既然是国立大学，不管是公园还是动物园，都不成问题。你毕业于国立大学，那么就留在我们公司工作吧。”

阿吉大喜过望，它不由自主地“嗷”了一声，兴奋得都想跳个狐狸舞了。

“对了，山住君，你有什么特长吗？虽然都是人，可有没有特长，区别可就大了。”

总经理突然严肃地问。

阿吉一下子又紧张起来。

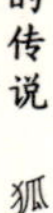

“这个嘛，我……那个……野兔啦，田鼠啦，还有鸡，我都撵过……不对，不对。野兔、田鼠，还有鸡，我都养过……我具有动物公园管理员的资格。”阿吉挺起胸来说。

这下，总经理高兴极了。

“是吗，是吗？你是最适合我们公司的人才了。山住君，我就是想招了解动物的职员。嗯……所以你才主动来我们公司应聘的吧。总之，我们公司才是这个国家最大的毛皮制造公司。好吧，山住君，就这么定了。明天你就抓紧到公司来上班吧。”

总经理看起来很满意，他努力抬起肥胖的身躯，站起来“砰”地拍了一下阿吉的肩头。

——毛皮公司，听到这个词，阿吉心头一紧，一种刺痛在它的内心深处蔓延。

“毛皮公司是一个做什么的地方啊……”阿吉离开公司大楼，在大街上一边走一边思考。但是，对于现在的阿吉来说，自己在什么样的公司工作以及干什么工作，都是无所谓的。因为，不管怎样，阿吉成了它憧憬已久的工薪一族。

成为工薪族后，就不用住在黑暗的洞穴里了。就是下雨，也不用担心。从此，那种捕捉不到猎物、终日饥肠辘辘的日子一去不复返了。领到工资后，就能买很多鸡肉、兔肉，塞满冰箱，想吃的时候就放开肚皮吃。当了人以后，阿吉真是喜出望外。它在刚租来的新公寓的房间里，对着天花板，从它尖尖的嘴里，发出了“嗷嗷！嗷嗷！嗷嗷！”的狐狸叫声。

那天夜里，阿吉做了好几个有关大山的梦，它睡得可真香啊。

从第二天起，阿吉开始了它的工薪族生活。阿吉工作的地方是“会计科”。计算毛皮的成本和围巾的销售额，是阿吉的工作。刚开始，阿吉什么都不懂，所以必须要多向周围的人学习。不久，阿吉就把这些知识全记住了。

总之，由于阿吉忘我地工作，没过多久，全公司都

知道它是最能干的职员了。自从阿吉来了以后，周围的人们受到它的影响，也开始努力工作，公司的营业额大幅增长。看到这些，总经理非常高兴。阿吉因此得到了许多额外奖金。

阿吉也非常高兴。周末，它也能到羡慕已久的高尔夫球场去了。可是，等到阿吉亲自打了高尔夫球，它觉得高尔夫也不是像想象中那么有趣……不过，能让人类给他拎包，原本是狐狸的阿吉也趾高气扬地打起小白球了。

高尔夫球场曾是阿吉的故乡——狐狸时代，阿吉总躲在草丛里窥视人类的这个高尔夫球场——能在这里打高尔夫球，阿吉情不自禁高呼“万岁”。它有点忘乎所以，都想跳久违的狐狸舞了。

“哇，你可真是我们公司的骄傲。”

总经理经常在众人面前夸奖阿吉。

“各位职员，山住君正是大家的榜样。好好跟他学习啊！”

就在总经理表扬它的那一天，阿吉在市里买回了一面新镜子，它掏出镜子，一动不动地看着自己的脸。

“好的，我还要更加努力工作……”阿吉重新下定了决心。由于工作过于辛苦，随着日月的流逝，阿吉脸上的表情也越来越凝重。

但是，阿吉并没有忘记山里的故乡。每月领到工资后，阿吉就买很多活兔活鸡，悄悄地给狐狸妈妈送去。

每当阿吉来的时候，狐狸妈妈总是喜忧参半地说：

“嗷嗷，阿吉，太谢谢你啦。不过，你不用来了。不管怎么看，你现在都是一个很出色的人了……所以，嗷，为了完全脱离动物世界，你就应该忘记以前是狐狸

这件事。这样你才会幸福。妈妈好歹都能活下去的……嗷嗷嗷。”

阿吉很能理解妈妈的心情。然而，阿吉发现，它虽然想用狐狸的语言和妈妈说话，但它却慢慢忘记了狐狸使用的语言。所以，每次都是阿吉看望妈妈后高高兴兴地下山，然后在下一个发薪日，它还是带着鸡兔上山来了。

就这样，春去夏来，转眼就到了暮秋时节的十一月份。阿吉仍然目不斜视地工作，一天，它注意到账簿上供销售用的动物毛皮已所剩无几。

“这可不好办啊。马上就到冬天了，毛皮大衣和围巾都会卖个好价钱的。”

不知道从什么时候起，阿吉也开始模仿总经理的口气说话了。它朝毛皮仓库那边走去。

其实，自从阿吉在这个公司工作以来，它还是第一次来毛皮仓库。因为会计科总是负责计算销售额，或者在纸上记账，每天都很忙。

一推开大型仓库的大门，阿吉不禁“啊——”地大叫了一声。仓库中倒挂着数量巨大的动物毛皮——松鼠、野兔、黄鼠狼、狗熊、豹子、貉子、貂等动物的毛皮不计其数。而且，在阿吉踏进仓库的一瞬间，它感觉这些被吊起来的从动物身上活生生剥下来的毛皮都在无声无息地盯着自己看。

“吓死我了，吓死我了……没想到公司会有这么多动物的毛皮。太可怜了……貉子和黄鼠狼也都被人类给杀了，就那样给剥下了皮……哎呀，真是太惨了。可是，为了提高我们公司的销售额，这也是没有法子的事情啊。没有法子……”

阿吉还没说完，“咦?！”它大声尖叫起来。

原来，它看到在仓库深处，密密麻麻地吊挂着狐狸的毛皮。其中，有的痛苦地闭着眼睛，有的睁着呆滞的双眸，只是些毛皮挂在那里。有很多和阿吉的兄弟姐妹、知心好友长得很像。

阿吉站在那里，呆若木鸡，浑身上下哆嗦个不停，

泪水不知不觉地从它眼里一滴一滴地滚落下来。

“啊？我有这么多伙伴都被杀死了呀……

啊？我有这么多伙伴都被剥了皮吊在这里呀……

啊？我有这么多伙伴都被卖掉了呀……

——原来这家公司是干这个的呀，我到底都干了些什么，我怎么这么傻呀……”

过了好一阵，阿吉才红肿着眼睛从仓库里跌跌撞撞地走了出来。这时，夕阳在公司大楼对面的天空缓缓落下。只有在今天，美丽的晚霞在阿吉的眼中才是那么惨淡。

这天晚上，阿吉迷迷糊糊做了一个梦。它梦到被做成毛皮的朋友们都清晰地出现在它面前，自己也在被猎犬追赶。阿吉在梦中惊醒，吓出了一身冷汗。

“我是人……这个梦和我无关……”

虽然阿吉不住地自言自语，但是直到清晨，它都没有再合眼。

第二天早上，阿吉被总经理叫去了。总经理虽然面带笑容，但他的语气却很严肃。

“山住君！你一贯勤奋工作，无愧为我们公司的楷模。你能来到我们公司，真是太好了！——你也知道，冬天马上就来了，但我们公司毛皮的库存实在太少了。必须准备好更多的毛皮才行。怎么样？山住君，听说你对大山和动物都很熟悉，你明天就上山去，多给我打些动物回来做毛皮用！你这次要是表现好了，涨工资就不用说了，

还能当‘原料采购部’部长。”

阿吉一听到“工资”“原料”这类字眼，不由得浑身一哆嗦。它条件反射似的回答道：

“是，总经理！谢谢您，倍感荣幸。明天我就上山打猎去。”

离开总经理办公室后，阿吉自言自语：

“好啦好啦，我现在是人。我是因为讨厌狐狸才变成人的。我绝对不能再留下任何狐狸的痕迹了。好啦好啦，我是这个公司的一分子，所以必须要为多销售毛皮而尽力。……昨天看到的那些我都应该忘掉。没错，我作为人，去山里打动物，有什么可悲伤的？”

第二天，阿吉带着很多猎人和猎狗，自己也扛着枪上山去了。猎狗可能闻到了阿吉身上的狐狸气味，总是在它身边转来转去。阿吉冷汗直流。不愧是猎狗，它们能闻出阿吉的狐狸身份吧。阿吉尽可能远离猎狗，昂首挺胸地走在猎人们前面。

枪声一响，狩猎正式开始了。猎犬的眼里闪着凶光，率先向山坳里面冲去。猎人们也端起枪，在树林尽头守着。阿吉也把微微发抖的指尖扣在扳机上，一动

不动地守候在那里。“妈妈，你总是嘱咐我要当心猎人，没想到我现在手里却端着枪……”

阿吉不由自主地苦笑着。

远方传来猎狗疯狂的吠叫声，而且越来越近。

“猎物快来了。”

一个猎人紧张地小声说，他又重新瞄准了前方。

这时，前方长长的芒草穗沙沙作响，剧烈摇晃，不知什么动物“啪”地一下子跳到阿吉面前。在它身后，一只两眼通红的猎狗狂吠着追了过来。

阿吉紧张到了极点，心嗵嗵嗵地直跳。

跳到阿吉眼前的，是一只毛色出众的漂亮银狐。

“太棒了，真棒！真是前所未有的极品！”

阿吉全神贯注地扣动了扳机。

“轰！”

银狐跳了起来，它“嗷”地叫了一声，前腿好像在半空中折断了，扑通一下栽倒在地。

“砰！砰！”

“轰！轰！”

遍布芒草的原野上到处回荡着枪声，猎狗凶猛的叫声也淹没在枪声中。猎人们冲着猎狗追逐的动物，一齐开火。

枪声停下后，阿吉慢慢接近倒下的银狐。它努力不去看银狐，用手捏着银狐的脖子提了起来，然后向大伙儿走去。此时，阿吉的心情就连它自己也无法形容。阿吉的表情很奇怪。它脸色苍白，表情僵硬，只有眼睛是通红通红的。

朝大家走来的阿吉，僵硬的手里，高举着成为猎物

的银狐。

“哇——”

人们的声音中充满了感叹和惊异，前来欣赏的总经理也不禁用感叹的口气说：“哎呀……山住君，太了不起了！我在这一行干了这么长时间，这么出众的银狐，我还是头一回见。嗯……你的枪法在咱们公司是最准的，我的眼力不会错。”

听到这些，阿吉脸上终于有了笑容，而且，还有点得意。阿吉为了让总经理看得更清楚，它把手中的猎物又向上举了举。银狐双目紧闭，脸上的表情很痛苦。阿吉瞥了一眼银狐，突然“啊”地叫了一声，就扔下了银狐。总经理和大伙儿都很吃惊，阿吉也不管他们了，它扔下手中的枪，朝着山里疯狂跑去。一路上，它忽地撞到这棵树，忽地又撞到那棵树。路上蔓草丛生，树木倒伏，它绊倒了又爬起来，踉踉跄跄地往前跑……

——啊？怎么回事？这只毛色出众的银狐，原来是阿吉的妈妈。

阿吉跑累了，腿脚也不听使唤，它扑在一堆枯树叶

上，哭得上气不接下气。

山上漆黑一片，夜空中没有一点星光。这是一个无边的暗夜。山上刮着猛烈的北风，漫山遍野的树木都在抖动，发出令人恐怖的声音。但是，这样的声音也掩盖不了阿吉的哭声。

“啊，妈妈！我都干了些什么呀！”

“我再也不想当什么工薪族了！”

“我不要工资了！”

“还我妈妈！还我妈妈！”

阿吉用尽全身力气，声嘶力竭地喊道。可是，风刮得更厉害了，森林呼呼作响，暗夜之中，狂风卷起坚果和石子，击打在阿吉身上。

呼呼呼，呼呼呼。

变成人的阿吉，回来吧，回来吧。

呼呼呼，呼呼呼。

变成人的阿吉，快走开，快走开。

呼呼呼，呼呼呼。

变成人的阿吉……你到底是谁？

阿吉好容易才抬起身，它环顾四周。夜色中，巨大树木上浮现出来的树节和树瘤，看起来就像是狐狸同伴的相貌。它们愁容满面，悲伤地凝视着阿吉。

“啊……”阿吉深深地叹了一口气。

“我再也变不回狐狸去了……就是我变回狐狸的样子，也无法在这座大山里生活下去了。唉，我终于变成真正意义上的人了。以后，我也只能像人那样生活下去了。”

阿吉终于站了起来，它摇摇晃晃地往远处闪烁着灯光的城镇走去，慢慢地下山了。

阿吉挣扎着走回自己的公寓，天也快亮了。一进房间，阿吉就敞开了朝向大山那边的窗户。它仰面朝天，大声叫着：

“嗷嗷！嗷嗷！嗷嗷！”

它的叫声穿过田野，飞过大山，一直飘到遥远的大海边，仿佛地球上到处都回响着阿吉的声音。

“嗷嗷！嗷嗷！”

“嗷嗷嗷嗷嗷嗷！”

“嗷嗷！嗷嗷！嗷嗷！”

就像呼应阿吉的叫声一样，不管是这里，还是那里，黎明时分，城市上空到处都回荡着狐狸悲伤的叫声。

“啊，啊……难道大家，大家……”

阿吉深深地叹了一口气，安静地关上了窗户。

从此以后，阿吉去了哪里，在干什么，大家都一无所知。可是，如果在黎明时分，你打开房间的窗户，望着天空，侧耳倾听的话，听——

“嗷嗷！嗷嗷！……”

你隐约能听到狐狸缥缈的叫声吧。也许，那就是住在你这个城市里狐狸阿吉的叫声呢。

沙漠里的太阳

很久很久以前，在印度的孟加拉沙漠尽头，有一个特别贫穷的小村庄。村子里，住着一个大富翁，全村的土地都归他所有。他每天都发出嗯哼嗯哼的声音，一副作威作福的样子。一天，这个大富翁见人便讲，他要出去猎鹿。

“叮当叮当叮——当。”

大富翁摇着铃铛，把要去狩猎的人们都召集到一起。

村子里有一个叫沃索克的少年，他和姐姐两个人过着快乐的生活。

大富翁对沃索克大声说道：

“沃索克，你也长大了，今天跟我们一起去吧。你还没追赶过鹿吧，小孩子也有小孩子的用处。不能总吃饭不干活吧，今天就给你一个回报我的好机会。听明白了吗？”

说完，大富豪就带着许多村民，走进了村子尽头那无边无际的黑森林。

村民们一天到晚都在森林里追赶鹿，他们跑来跑去，累得气喘吁吁，心脏都要跳出来了。这真是一个让人精疲力竭的工作。经过一番奔波，村民们终于在枯树遍布的森林深处射中了一只金色的大鹿。哎呀，迄今为止，人们还从来没有见过这么大的一头鹿。大富翁满意极了。“啊哈哈哈哈，啊哈哈哈哈……”大富翁得意而高亢的笑声，在森林四处回荡。

“喂，我渴了。”

大富翁夺过村民们带来的水壶，一个人咕咚咕咚地喝完了壶里的水。大富翁太渴了，结果连大家的那一份水也喝光了。

“哎呀，空了，空了。”

大富翁大声叫道。

“喂，壶里的水没了。我的肚子还远远没喝够呢，你们知道吗？快点去给我找水！快去，快去！得让我的肚子喝饱。哪个家伙去一趟？”

因为连自己的那份水也被大富翁喝光了，村民们都渴得摇摇晃晃。没办法，还得有人再次走进阳光暴晒下的枯森林深处。可是，你觉得森林深处会有什么呀。森林深处，除了那个干涸见底的池子，什么都没有啊。而且，在那个干透了的池子底部，还住着一个水中恶魔——戴文，迷失道路的行人，经常会被他诱骗到水里去。

戴文看到来找水的村民，拍手笑道：“噢哈哈哈，太好了太好了！吃起人来，那味道和小鹿、松鼠、兔子可不一样，特别极了。尤其是吃起人类的手脚时，脆生生的声音真好听。”因为戴文好久都没吃人了，他招呼村民们的声音听起来是那么动听，闻所未闻。

“喂，远方的客人，这里有甘洌的清水。热烈欢迎，快来喝吧，请随便喝呀！患难时刻见真情，快点来吧。”

戴文的声音有一种神奇的魔力，听到他的声音，人们的身体都无法动弹了。村子里的人们从小就听说，森林里住着恶魔戴文，有人说：

“你听你听，那不是戴文的声音吗？哎呀，太危险

了。落到那个家伙手里，没有人不魂飞魄散的。一旦被他带进水里，没有一个人能活着回来。”

但是，大富翁却完全不在意。

“没事儿，没事儿，没事儿的。快点把水打上来，只要能让我喝上水就行。”大富翁大声命令村民。可是，大家听了都面露惧色，吓得连连后退。

“沃索克，你给我去！”

大富翁突然看到了少年沃索克，大声命令道。

“沃索克，带你来就是为了这个。怎么了，怕了？别说不想去。你要是不去打水的话，明年你们就是再想种田也没田可种了。”

听大富翁这么一说，“哎呀呀，这可难办了。”沃索克抱着头想。

看起来，村民里没有一个人想帮助沃索克，也没有任何人想为他分担一点。毕竟，如果大富翁发怒了，沃索克和他姐姐租种的田地，就会马上被收回。迄今为止，村子里已经有很多人因为无地可种而饿死了。恶魔戴文虽然可怕，但比起发怒的大富翁来，对穷人来说，后者更可怕。沃索克发起愁来。

"万一我被戴文抓走了，姐姐会伤心的……"

"你还磨蹭什么？快点去打水。你明年也想从田里收割水稻吧。"

大富翁斜楞着眼怒斥道，老实巴交的沃索克心想：

"我怎么都行，姐姐即便是一个人也能活下去的……"他下定决心，向干涸的池子走了过去。

池子底部早已经干透了，无数巨大的裂缝在池底自由纵横，空中呼呼刮着大风。

"老爷！"沃索克走进池底，马上大声喊道，"这儿一点水也没有啊，池底都是干透的泥土，我可以回去吗？"

大富翁听到后，远远地说：

"什么，你说什么？沃索克，你到池子正中间去，就是戴文呼喊的地方。他住在那里，正等着呢。不到那儿去，你打不回水来。"

没有办法，沃索克又开始战战兢兢地迈动步子。快来到池子正中时，突然，戴文从泥土中探出血盆大口。戴文大张着嘴，一股水流猛地从它嘴里喷涌而出。嗵嗵——嗵嗵——吧唧吧唧、嗵嗵——嗵嗵——吧——唧吧——唧、嗵嗵——嗵嗵——吧——唧吧——唧。瞬间，沃索克就被德文喷出的水柱吞没了。

“姐——姐！”

沃索克大叫一声，他仰面朝天，被卷入了水底。水面上咕嘟咕嘟地冒出了一串串气泡。

“哎呀，太可怜了！”

村民们流下了眼泪。可是，大家都无能为力。不管是谁，都会首先保全自己的生活和性命。

大富翁大喜过望，多亏了戴文吐出这么多水来，自己终于可以尽情地喝个够了。水是如此甘甜，连村民们也都喝饱了。

“啊哈哈哈，开心开心。今天打猎可真开心。哈哈。”

大富翁一边轻轻抚摸着金色的鹿皮，一边开怀大笑。

沃索克的姐姐一直在等着弟弟回来，她翘首以待。因为等的时间太长了，她感觉脖子都长长了五厘米。可是，直到天黑，沃索克也没回来，姐姐突然担心起来。听说打猎结束，村民们都回到了家里，姐姐急匆匆地跑到大富翁那里。然而，大富翁只是把脸扭向一边，什么都不说。即便如此，姐姐还是哭着开口询问。大富翁连正眼都没看姐姐一下，说：

“你弟弟两腿浮在水面上。扑哧扑哧扑哧……咕嘟咕嘟咕嘟咕嘟……我也不知道。森林里的水真好喝呀。”

大富翁只说了这些。此后再问他什么，大富翁就板着脸，一言不发地斜视着姐姐。

他说：“明年的地就你一个人种吧。”

这时，沃索克养的宠物狗跑回来了。

“哎呀，小狗小狗，你去哪儿了？我可爱的弟弟，怎

么还不回来呢？”

于是，小狗很悲伤地摇了摇尾巴，然后就迅速地狂奔出去。此时，夕阳西下，森林笼罩在无边的黑暗中。姐姐心里惦记着沃索克，跟在小狗后面，拼命向着布满毒蛇和毒虫的森林跑去。他们来到森林最深处那片干涸的池子旁边时，小狗冲着姐姐大声叫了两下：“汪！汪！”然后就拼命摇着尾巴。

“这样啊，我明白了。”

聪明的姐姐，马上就知道了这是戴文干的好事。

“没错，弟弟是被戴文给抓走了。我必须马上把弟弟救出来……”

姐姐想起了很早很早以前在村民中流传的那个可怕的传说。当水中一旦形成像龙虱虫一样奇怪的斑点时，戴文就会出现，任何人都在劫难逃。姐姐战战兢兢地盯着干透的池子中央，突然那里响起了戴文的声音。

“喂，喂，远方的客人，口渴难耐了吧。这里有甘洌的清水。快来喝吧，请随便喝呀！患难时刻见真情，快点来吧。”

听到那么亲切的声音，聪明的姐姐也故意以同样温柔的语气回答道：

“喂，喂，您的声音好美，您就是居住在池子里的天使——戴文大人吗？”

姐姐温柔的声音，在干涸的池子上方回响着。这时，一轮满月出现在夜空，月光皎洁，照亮了黑暗森林的天空。

戴文听到有人称自己为天使，大吃一惊。他不住眨眼，眼珠也转个不停。

“哎呀，哎呀，真不好办。这还是第一次有人叫我‘温柔的天使戴文大人’。其实，我是恶魔呀。”

姐姐面对惊讶不已的戴文，她的声音更温柔了。

“水中的天使，戴文先生。池底甘甜凛冽的泉水，应有尽有。您是让大家喝的吧，一定是这样的，您可要守约啊。”

不知从什么时候起，戴文的心情变得好极啦。想想看，以前不论是谁，都叫自己“恶魔”。比起恶魔来，即便不是真心话，叫自己一次“天使”的感觉，也是妙不可言。戴文完全沉浸在一种幸福里。

“是，是，是的，是的。天都这么黑了，你是因为什么才来找我这个水中天使大人的？”

“是的，是的，水中天使戴文大人，我穿过这片大森林，发现到处都是一望无际的沙漠。在灼热太阳的照射下，沙漠里寸草不生。居住在那里的人们，都想仰仗你的力量，大家正翘首以待。您能去那里帮助他们么？请把滋养生命、凛冽甘甜的生命之水赐予我们吧……”

姐姐的声音是如此诚恳，“不行”这两个字，戴文怎么也说不出口。他完全忘记了自己的身份以及以前都做过什么事情。戴文慢慢数着黑森林上方夜空中闪烁的星星，他努力想使大脑保持冷静。不过，他还是答应了。

“好了，好了。如果需要我的话，任何地方我都会去。我掌管着生命之水，大家知道了也无所谓。我会给沙漠里的村民们带去泉水，让他们喝个够。”

戴文张开血盆大口，嘎嘎大笑起来。

“太好了，我想多喝一些甘甜的泉水。太好了，太好了！”

戴文高兴极了，他装满水的肚子鼓胀得令人吃惊。戴文摇摇晃晃地托着大肚子，从干涸的泥土中现出身来。

姐姐看到戴文，大吃一惊，差点吓瘫了。不过，现在可不是吓瘫的时候。无论如何，只有豁出性命才行。姐姐义无反顾地向着一望无际的沙漠那边拼命跑去。小狗也发疯一般，紧随其后。不久，清晨的阳光出现在沙漠上。姐姐不停地继续奔跑，日上三竿，头顶上的太阳发出耀眼的光芒。最后，太阳的身影又消失在地平线，沙漠迎来了夜晚。姐姐继续不停地奔跑。就这样，灿烂的星空下，又迎来了朝阳。为了尽量能把戴文带得更远一些，姐姐一直在拼命奔跑。这时，戴文开始大叫道：

“喂，喂，等等我，我快累瘫了。都跑了三天两夜了，我不知道会来到这么一个沙漠中心呀。”

于是，姐姐说：

“别，戴文大人，再稍微坚持一下，请您跑到那片闪闪发光的沙漠底下吧。求求您了！”

姐姐一边说，一边不管不顾地继续奔跑着。在戴

文持续奔跑时，他的大肚子里面的水在不断蒸发。看着不断缩小的肚子，戴文突然不安起来。

“喂，喂，小女孩。喂，小女孩。想饮用甘洌泉水的村民们在哪里呀？在哪里呀？马上叫他们来吧，快点。啊，我都喘不过气来了。我再也跑不动了。”

戴文在太阳底下，不住擦汗，他一屁股坐在地上。

看到戴文这副模样，姐姐终于停下了脚步，她微笑着说：

“亲爱的戴文先生，你的肚子里面，有无数村民都被关在那里呢。我可爱的弟弟沃索克也在里面。嘿，你把他们都吐出来，还给我们村吧。”

一听到这话，戴文勃然大怒。他怒火中烧，用脚使劲跺着大地，发出轰隆隆的声响，感觉就要天翻地覆一般。戴文的肚子，在沙漠太阳的烘烤下，越变越大。

“住口，闭嘴，闭嘴！你给我永远闭嘴。你把我领到这沙漠正中来，我真是被你骗惨了。”

姐姐勇敢地回答道：

“就是你，在森林深处，把我可爱的弟弟，还有数不胜数的村民们都无情地吞下去了……”不等姐姐说完，戴文已经愤怒得要发疯了。他张开前所未有的大嘴，嗵——唧嗵——唧，吧——唧吧——唧，嗵嗵嗵嗵嗵嗵——所有的水，都从戴文的血盆大口里猛烈地喷了出来。姐姐被裹挟在浑水里，拼命挣扎。

“戴文，你就是带了再多的水，也会马上见分晓的。这里可不是你的森林天下。”

戴文可不管这些，他继续往外一个劲儿地吐水。你看，发生什么了？简直令人难以置信。广袤的沙漠，把戴文吐出来的水，都给吸进去了！沙漠活了过来，它喜出望外，兴高采烈地不断把水吸进它那干渴的沙粒中。戴文暴跳如雷。

“啊——啊——啊——啊——我的水全都没了！见鬼去吧。你等着，好，你等着！”

戴文的大嘴张得都要裂开了，他继续往外吐水。然而，沙漠一声也不吭，只顾吞噬着泉水。戴文也不含糊，他不能这样放弃。戴文使劲按了按他的扁肚皮，把他巨大胃里的水都吐了出来。最后，他甚至连黄色的胆汁都吐出来了。戴文疲惫不堪，他发出一声长叹“唉——”就摇摇晃晃地倒在了烈日暴晒下的

沙漠上。

“啊，成功了！戴文倒下了！”

姐姐高兴极了。怎么回事？当水花四溅，接着又消失时，弟弟沃索克和村民们，都纷纷从戴文的身体里跳了出来。沃索克死里逃生，姐弟俩相逢的喜悦简直无法用语言来形容。

飞奔而来的村民们看到大沙漠，也都惊呆了。因为有了戴文吐出来的水，广袤的沙漠变成了黑色的土地。饱含甘泉的大地上，长出了许多嫩芽。大家欢呼雀跃。从此以后，人们再也不用回到大富翁居住的村里了，大家决定就生活在这里。不知从什么时候起，这片土地变成了全国最富裕、最幸福的村庄。

听到这个故事的其他地方的村民，也都从全国各地赶来了。大富翁所在的村子的村民，也都搬到这里来了——除了大富翁本人。大富翁的旱地和水田，都没有人耕种了，而且都变成了遍布石子的沙漠。只听到大富翁不停地喊着：

"喂，有人吗？我的田地，有人回来耕种吗？"

他凄凉的叫声，回荡在那块变成沙漠的土地上空。

某某先生

[韩] 柳在守 | 绘

有什么人忽地吹出一口热气，旁边那扇门悄无声息地开了一条缝儿。

那扇门，看起来是那么柔软，就像是一床轻飘飘的鸭绒被。但是，那扇门其实是一块大干冰，浑身上下都散发着白色气体。所以，谁要是想靠着这扇门打一个盹儿，就马上会被冻个透心凉。而且，一走进房间，就会发现有好几万根冰柱从天花板上垂下来。从头到尾裹着白色斗篷的北风，像往常一样发出呼啸声，在房间里到处肆虐。

冬将军威严地坐在屋子中间，他手下有北风、雪精灵、霜柱老人、冰巨人等得力干将，他干脆利落地下达了各种命令。

冬将军穿着白色军服，胸前挂着好几个大个儿勋章，肩上披着灿烂夺目的银色绶带。将军那几米长的胡子硬邦邦的，上面结满了霜，看起来白花花一片。将军手里总是拿着一把巨大而锋利的冰刃宝剑，雄武有力地杵在冰封的大地上。

但是，冬将军看起来好像又不想发号施令了，他低下头，不停地打着盹儿……他的手下们对工作也不上心。

就在这时，有什么人又吹了一口气，这下，房间的大门又敞开了一些。于是，一缕阳光趁机照进了屋子里。不一会儿工夫，冷冰冰的房间里就充满了明亮的阳光。不知什么时候，阳光爬上了酣睡的冬将军的鼻头，感觉热乎乎的。

于是，正在打瞌睡的冬将军一下子惊醒了，他站起身来，慌慌张张地拔出宝剑，对着手下怒气冲冲地喊道：

“喂，你们是干什么吃的！我不是都说过嘛，绝不

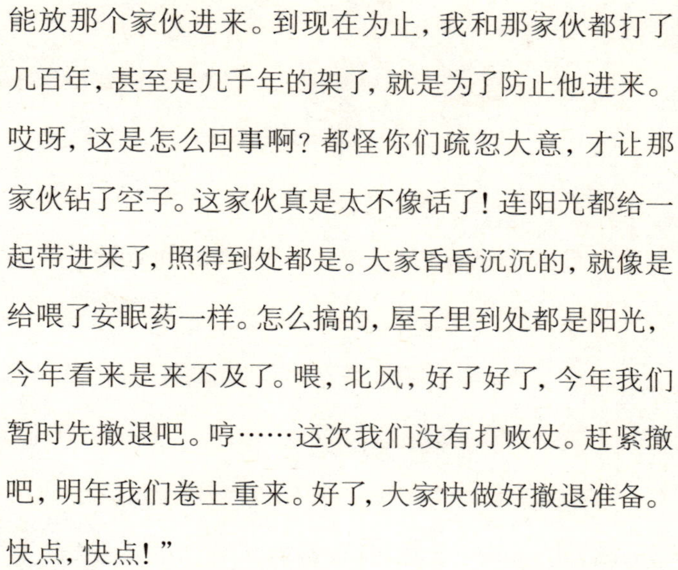

能放那个家伙进来。到现在为止，我和那家伙都打了几百年，甚至是几千年的架了，就是为了防止他进来。哎呀，这是怎么回事啊？都怪你们疏忽大意，才让那家伙钻了空子。这家伙真是太不像话了！连阳光都给一起带进来了，照得到处都是。大家昏昏沉沉的，就像是给喂了安眠药一样。怎么搞的，屋子里到处都是阳光，今年看来是来不及了。喂，北风，好了好了，今年我们暂时先撤退吧。哼……这次我们没有打败仗。赶紧撤吧，明年我们卷土重来。好了，大家快做好撤退准备。快点，快点！”

冬将军的手下们，把将军华丽的服装塞进一个大冰柜。为了好赶路，他们把从天花板上卸下来的好几根冰柱捆成一捆。然后，这些人又团了一些雪扔进嘴里，做好了紧急撤退的准备。北风看起来好像极不甘心，但他也只能脱下白色的斗篷，叠了起来。

终于，房间里的冰霜都完全被阳光融化了。屋子里烟霭蒸腾，开始四处弥漫。这片烟霭好像被赋予了生命，慢悠悠地在空中舒展着身体，房间里似乎还能听到它们“呵呵呵”的笑声。

远处的群山，云雾缭绕，一片朦胧，让人看了不禁心旷神怡。

整个冬天，山上都覆盖着厚厚的冰雪。冰封的小溪流，这时也热闹起来，它唱着欢快的歌，开始流淌。岩石下熟睡的鲫鱼和泥鳅，有的在转眼珠，有的在摆尾巴。远方的大海，云蒸霞蔚，冒着热腾腾的水蒸气。水车欢快地转动着，发出嘎吱嘎吱的声音。村子里的人们精神抖擞，容光焕发。

春天真的来了。只有春天，才会让人头晕目眩，万分激动。

可是，请目不转睛地好好看看吧。在阳光照不到的地下，还有好多懒家伙在呼呼大睡呢。这一下，天上的太阳公公再也看不下去了，它平静地对这些睡大觉的家伙说：

“已经到春天了，天气都这么暖和了。快看快看，大伙儿正满头大汗地干活呢。冬将军已经走了，你们就放心地快点出来吧。从暗无天日的地下，到明亮无比的春光里来吧！”

听太阳公公这么一说，不管是那儿还是这儿，土壤开始松动，慢慢隆起，小草的嫩芽、笔头菜，还有蜥蜴、蚯蚓、蚂蚁们，一边眨巴着眼睛，一边从土里钻出来。它们痛痛快快地伸了个懒腰，抬头看了看耀眼的太阳，然后就开始努力工作了。

可是，该怎么办呢？只有蒲公英和款冬还埋在地下，它们迷迷糊糊地聊起天来。

“喂，蒲公英姐姐，听说外面已经是春天了。春天到底是什么呀？总觉得天好像特别亮……但是，我在地底下住习惯了，不管地面上再亮，我还是觉得地下舒服。钻出地面，使劲往上长，还是很辛苦的。”

“……你说得太对了，还是地下住着最舒服。不管太阳公公说什么，我们还是最满意这儿，就想一直待在这儿。所以嘛，到地面上去，忙着长叶子啦，开花啦……总之，一点休息时间都没有。还有，我一结出种子，种子就会马上被风刮走，踏上没有目的的旅途，飘

来飘去的。因此，一动不动在地下沉睡的时光，对于我来说才是最幸福的。”

正当蒲公英和款冬聊天时，地面上传来了非常热闹的声音，好像在举办什么活动。大家都很开心，有的长出嫩芽，有的开出花朵，有的在修理被北风刮坏的房子。大家有说有笑，地下的生物都觉得心里痒痒的。于是，蒲公英和款冬也开始关心地面上的情况了。

“喂，蒲公英姐姐，说是那样说，我们也稍微往上面拱拱看吧。我一长出来，就会马上被人们摘走，做成款冬汁和腌款冬。可是，即便如此，我还是想到地面上去看看。”

“是啊，没错。我现在也好想看看外面的景色。好吧，我也往上拱一点。”

就这样，蒲公英和款冬，稍微调整了一下呼吸，一、二、三，它们一起往地面上拱。它们头顶上的泥土发出嘎吱嘎吱的声响，向着天空，突然裂开了一条小缝儿。天上的太阳公公一边微笑着，一边和蔼地对眨着眼睛的蒲公英和款冬说：

“欢迎你们，蒲公英姐姐，还有款冬弟弟。大家都迫不及待地等着你们出来呢，来吧，你们快睁开眼睛，看看这个世界吧。”

“哇，好晃眼！”

款冬用两只手捂着眼睛大声喊道。

“地面上怎么这么晃眼啊！再这样下去，眼睛都要看不见了。还有，这都是什么声音呀！地面下一片黑暗，十分安静……啊，但是，有风吹着，心情还真不错——对了，蒲公英姐姐，下一步我们该干什么？本来我们只是想露个头来着……”

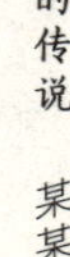

终于，款冬的眼睛适应了外面的光线，它不安地看

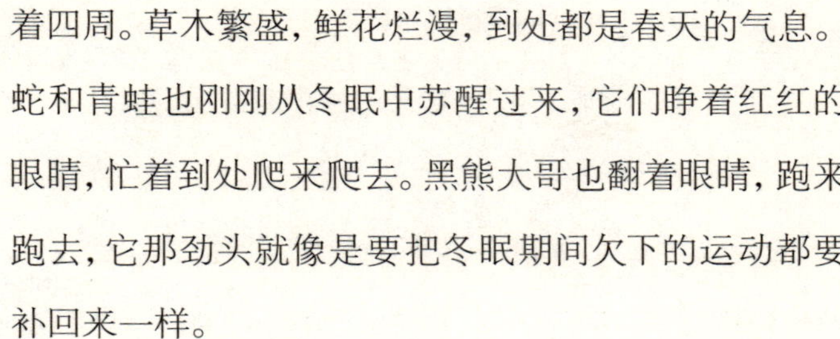

着四周。草木繁盛，鲜花烂漫，到处都是春天的气息。蛇和青蛙也刚刚从冬眠中苏醒过来，它们睁着红红的眼睛，忙着到处爬来爬去。黑熊大哥也翻着眼睛，跑来跑去，它那劲头就像是要把冬眠期间欠下的运动都要补回来一样。

蒲公英很开心地望着眼前发生的一切，突然，它用毅然决然的语气说：

“款冬弟弟，住在地下确实很舒服。可是，那是因为我们一直都在睡觉呀。睡觉时，什么都看不见，什么也听不到。而且，嗅觉也不灵敏，什么都感觉不到……自己到底是死是活也没有感觉。现在到了外面，大口呼吸着新鲜空气，面向蓝天，自由伸展，还是这样更开心啊！”

“可是……等你长大结种子了，种子就会被风给刮跑吧。像我，就更糟糕了，会马上被人或动物吃掉。你的种子在风中飘舞的时候，我说不定就在人们的肚子里呢。”

“而且，虽然你说可以面向蓝天，自由伸展，但是蓝天在哪边呀？我们长得越快，就会老得更快，最终死去。说啥我也不想死去啊。”

蒲公英歪着脑袋想了好久，回答道：

“是啊，你说得没错。长得越快，就会很快变成老爷爷、老奶奶，生命也许很快就结束了。哎呀，可是，怎么才能做到不长个儿呢？开花，结出小小的果实，我的孩子在那里出生，它们向着春光自由生长。一想到这些，我心里就感觉暖洋洋的。”

“还有……”蒲公英意味深长地继续说，“面向蓝天，我想，就是面向光明温暖的太阳公公所在的天空，就是天空更高的地方。现在，云雀小姐正在麦田上空轻快地飞舞。没错，云雀小姐和我的想法一样呢。”

“可是，对不起，我还是不能那么做。我不能再长了，因为我讨厌死去。要是再长，还不如永远在地下熟睡呢。”

说完，款冬就头朝下，开始拼命往下挖洞。可是，土地已经变得硬邦邦的了，款冬怎么也钻不进去。土地怒气冲冲地说：

“怎么回事？款冬！你真是个胆小鬼。你都钻出来了，结果还低下头想回到地下去，没有你这样的。好不容易才来到这个明亮的世界，你又想回到那个黑暗的世界去，真是个大傻瓜。”

然后，土地就再也不说话了，它顺手摸出“禁止入内”的牌子，在地上到处贴起来。看到这些，款冬吧嗒吧嗒直掉眼泪。于是，蒲公英亲切地招呼它说：

“款冬弟弟，你快放弃回到地下的想法吧。我们好不容易才醒来，不能再沉睡下去了。我觉得那样才可怕呢。款冬弟弟，一想到被吃掉啦，会死去啦这些事情，我也觉得可怕得不得了。可是，无论是谁，不都会有那一天吗？再说了，一直睡下去和死又有什么分别？你钻到地面上来，可以看看并感受这个广阔的世界，说不定还能在宇宙里旅行呢。在地下沉睡的话，只能在自己的小脑袋里幻想一下怎么环游世界吧。来吧，款冬弟弟！你就下决心快点长吧。一直往上，往上，朝着温暖和蔼的太阳公公。”

款冬抱着胳膊，它一动不动地听完蒲公英的话后，大声点头说：“嗯，好的！”

“一直睡下去好像和死是没什么区别，既然我好不容易睡醒了，那就努力开始往上长吧。向着温暖的太

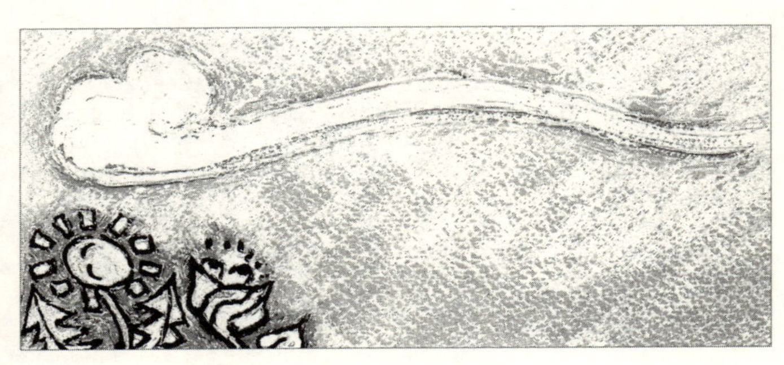

阳公公，我要使劲往上长。好的，我觉得身上好像充满了力量。”

“没错，没错。”

蒲公英笑容灿烂地回答说。

你看，蒲公英和款冬一边聊着天，一边推开头上的泥土和沙子，开始不停地往上生长。看到这样的情景，头戴大遮阳帽的太阳公公也开心地笑了。这时，一大朵白云从浅绿色的群山那边悠闲地飘过来。白云飘到蒲公英和款冬的头上方时，就停下来歇了一会儿。白云凝视着蒲公英和款冬，它们还是在一边聊天一边拼命地往上长。白云眨巴了一下眼睛，冲太阳公公使了一个眼色。

于是，温暖的雨水，发出很大的声响，落在蒲公英

和款冬头上。你知道吗？此时此刻，雨水的味道是多么甘甜呀，简直都无法用语言来形容。

蒲公英和款冬心中充满了喜悦，它们一起向着太阳那方，尽情地往上长。

“每当想到那时的事情，我激动得心头就像有一只小鹿在怦怦乱跳。好开心呀，大自然中的万物茁壮成长的那个时刻……”

有什么人小声嘟哝着，他忽地吹出了一大口热气。

图书在版编目（CIP）数据

惊奇星球的传说 /（日）田岛伸二著；常晓宏译. —济南：山东教育出版社，2019.5
（田岛伸二作品）
ISBN 978-7-5328-9857-2

Ⅰ. ①惊… Ⅱ. ①田… ②常… Ⅲ. ①儿童故事—图画故事—日本—现代 Ⅳ. ①I313.85

中国版本图书馆CIP数据核字(2017)第184332号

山东省著作权合同登记号：图字 15-2017-158

JINGQI XINGQIU DE CHUANSHUO
惊奇星球的传说

主管单位：山东出版传媒股份有限公司
出版人：刘东杰
出版发行：山东教育出版社
地址：济南市纬一路321号　邮编:250001
电话：(0531)82092664
网址：www.sjs.com.cn
印刷：山东临沂新华印刷物流集团有限责任公司

开本：890mm×1240 mm　1/32
印张：5.25
字数：73千
版次：2019年5月第1版
印次：2019年5月第1次印刷
印数：1—5000
定价：25.00元

（如印装质量有问题，请与印刷厂联系调换）印厂电话：0539—2925659